第一回

ＡＩのべりすと文学賞 受賞作品集

目次

優秀作品賞　「Ｕｎｄｏ能力を手に入れた俺と後輩の桜井さんの長い一日」　ｍｉｎｅｔ……3
優秀作品賞　「5分後に探偵未遂」　時雨屋……89
ＡＩショート賞　「空に還る」　宇野 なずき……294
ｃｏｌｙ賞　「好ってだけ」　坂本 未来……298
第一回「ＡＩのべりすと文学賞」概要及び作品講評……300
「第一回ＡＩのべりすと文学賞受賞作品集」の刊行について……310

第一回ＡＩのべりすと文学賞
優秀作品賞受賞作

Ｕｎｄｏ能力を手に入れた俺と後輩の桜井さんの長い一日

ｍｉｎｅｔ　著

@/* 著者まえがき（読み飛ばし可）

この作品は、私（著者）が「ＡＩのべりすと」で作品を執筆する際に何度も何度も「Undo」の機能を使っていて思いついたネタを具体化したものです。

もし作品世界に「Undo」という異能力を使うことができる主人公がいて、時間を少しだけ巻き戻して（直前の文章をコメントアウトして）からＡＩさんにもう一度続きを書かせていったら、どんな展開になるんだろう？という実験作です。

ＡＩさんのセンスを存分に活かしたストーリーに仕上げることができました。

それでは、『Undo 能力を手に入れた俺と後輩の桜井さんの長い一日』をお楽しみください。

@*/

◇◇◇

俺は Undo 能力を手に入れた。

「こいつは便利だ」

何せ、その気になればどんな出来事でも取り消して、自分の行動をやり直せるんだからな。

「さてと……今日も学校に行くか……」

俺はいつものように制服を着て家を出る。

◇◇◇

俺の通っている高校は家から歩いて十五分くらいだ。

「おはようございます！　先輩！」

元気よく挨拶をしてきたのは同じ学校の後輩である桜井さんだった。

彼女とは付き合っているわけではないが、何故か毎日一緒に登校している。

まぁ別に嫌というわけじゃないし、むしろ可愛い女の子と一緒に登校できるなんて最高だと思っている。

「ああ、おはよう。今日もいい天気だな」

「そうですねー！　あっ、そうだ先輩。今日の放課後って空いてますか？」

「ん？　特に予定はないけどどうしたんだ？」

「えっと……今は秘密です。でも楽しみにしててくださいね！」

なんだろう……期待していいのか不安になるような言い方だが……。桜井さんはたまに変なことを言い出すからな……。


そんなことを考えているうちに学校に着いていた。

教室に入るといつも通り自分の席に着く。

授業までは時間があるし、とりあえず寝て時間を潰すか。

「先輩先輩！」

桜井さんの声が聞こえる。

「ん……？　お前、自分の教室に戻れよ……」

「まだ時間あるんで大丈夫ですよ！　それより先輩、実は昨日面白い動画を見つけたんですけど、一緒に観ませんか？」

桜井さんが楽しそうに話しかけてくる。

「いや、遠慮しておくよ」

「えーなんでですか？　絶対楽しいですよ！」

「生憎そういう気分じゃないんでね」

「じゃあいいです。私一人で観るので」

そう言うと彼女はスマホを片手にどこかに行ってしまったようだ。

まぁいい、俺は授業が始まるまで寝るとしよう。

俺は机に突っ伏すとそのまま眠りについた。


………キーンコーンカーンコーン♪

チャイムの音と共に目を覚ます。

「ふわぁ～っ……よく眠れた」

大きく伸びをしながら起き上がる。

「あれ？　もうこんな時間か」

時計を見ると針は既に午後三時を指していた。

「しまった。完全に一日寝てしまった！」

こういう時にはUndoだ。

時間を戻して、俺の行動をやり直すんだ。

……Undo!!

◇◇◇

「まだ時間あるんで大丈夫ですよ！　それより先輩、実は昨日面白い動画を見つけたんですけど、一緒に観ませんか？」

桜井さんが楽しそうに話しかけてきている。これは朝の光景だ。

よし、上手いこと授業が始まる前に戻れたようだ。今度は寝ないでおこう。

ここは桜井さんに付き合ってやるとするか。

「いいぞ、観せてくれよ」

「はい！　これです！」

彼女が見せてきたスマホには『催眠術』という文字が表示されていた。

「なんだこれは？」

「今流行りの催眠術らしいですよ！これをかけられた人はなんでもいうことを聞いちゃうみたいです！」

「へぇ～面白そうだな」

「はい！　それで試しにかけてみようと思いまして！」

「なるほどな。でも俺にかけたところで効かないぞ」

「いえいえ、そこは大丈夫です。私はちゃんとした方法を研究してきましたから！」

「ほう、ならやってみろよ」

「分かりました！」

すると彼女は鞄の中から瓶を取り出す。

……中には赤黒い液体が入っていた。

「それは？」

「これを飲めば誰でも催眠術にかかってしまうんですよ」

「ほう……」

「さぁ飲んでください！」

「分かった」

俺は彼女の手にある瓶を取ると、中身を飲み干す。

ゴクッゴクッ

……うぐぇ、不味い、不味すぎる。

「こ、これでいいのか？」

「はい！　後は私が指示を出すだけです！」

「わかった。とりあえず何か適当に命令してくれ」

「わかりました！　ではいきますよ！　あなたはだんだん眠くなります。そして私の声しか聞こえなくなります。あなたの意識は徐々に遠ざかり、最後には何も考えられなくなるでしょう。……はい！　終わりです！」

しかし特に変化は無いように感じる。

「おい、何もないじゃないか」

立ち上がろうとすると、今度は急に体が動かなくなった。

「……ん？……どういうことだ？」

「ふふっ、かかりましたね」

そう言うと桜井さんは怪しい笑みを浮かべて近づいてくる。

「おい、どうなってんだよ！？　早く解けよ！」

必死に抵抗するが体は動かないままだった。

「無駄ですよ。その薬を飲んだら最後、私の指示がないかぎり絶対に動けませんからね〜」

「ふざけんじゃねぇよ！　何のためにこんなことするんだ？」

「決まってるじゃないですか。先輩を私のモノにするためですよ♡」

「お前……正気か？」

「もちろん正気ですよ？」

そう言うと、桜井さんはポケットの中から細いロープを取り出し、俺の身体を縛り始める。

「さぁ先輩、始めましょうか……♡」

いかん！

このままだと彼女とマズいことになってしまう気がする。

ここはUndoするしかないだろう。

……Undo!!

◇◇◇

「さぁ飲んでください！」

ふぅ、薬を飲む前のタイミングに戻れたようだ。体も自由に動くぞ。

今度はこの薬を飲まないほうが良さそうだな。

「いや……俺は遠慮しておくよ」

「ダメです！　先輩、飲みましょうよ～」

「本当に勘弁してくれよ……」

「お願いしますよぉ～」

桜井さんが泣きそうな顔で訴えてくる。

くそっ、仕方がない。

Undo能力でやり直しても、変えらない運命というものはある。

この薬を飲むことはきっと俺の運命なのだ……。

俺は覚悟を決めて彼女の手にある瓶を取ると、一気にあおった。

グビッグビッ
「ぐあっ、まっずいなこれ」

あまりの不味さに吐きそうになる。

……だがUndoする前に飲まされた薬とは味が違ったぞ？

「どうですか？」

桜井さんが心配そうに見つめてきた。

「あぁ、なんとか平気だよ」

「良かったです！」

正直かなりキツかったが何とか耐えることができた。

「……」

身構えるが、今度も特に何も変化を感じない。

どういうことだ？

ここは桜井さん本人に訊いてみるか。

「ところでこの薬は何なんだ？」

「はい！　これは惚れ薬と言って、これを飲むとどんな人でも恋をしてしまうという優れものらしいんです！」

「な、なんだそりゃ」

「つまり先輩が私に惚れちゃうってことです！」

「は、はぁ？　お前、何を言ってるんだ？」

「先輩、私に告白してください♡　そしたらこのままハッピーエンドですよ？」

……マジかよこいつ。完全に思考が飛んでやがる。

こうなったら俺の手で彼女を救わなければ……。

考えているうちになんだか頭がぼーっとしてきた。

……薬が回っているのか！？

墜ちる前にUndoしなければこの身が危うい！

ごめん桜井さん！

俺はこんな形で君の彼氏になる訳にはいかないんだ！

……Undo!!

◇◇◇

「さぁ飲んでください！」

また薬を飲む前に戻ったようだ。頭もはっきりしている。

さて、どうすればこの状況を打開できる？

……そうだ！　薬を飲み込まなければいいじゃないか！

「よし、分かった」

俺は彼女の手にある瓶を取り、一口だけ含むと……、

「ぐぶふぉ!?　まっずぅーー！」

盛大に吹き出した。

「キャー!?　先輩大丈夫ですか！」

「げほっ、ごほっ、大丈夫だからちょっと待ってくれ」

俺は口の中に入った液体を全て吐き出すと、大きく深呼吸をした。

「ふぅ、死ぬところだった」

「すみません、まさかそこまで酷い味とは思ってなくて……」

「まぁいいよ。それよりこれは没収させてもらうよ」

「えー！　まだ半分以上残ってるのにー！」

「これは危険な物なんだ。こんなものを人に使ってはいけないよ」

「うー、わかりました。じゃあ残りは私が飲んじゃいますね！……ゴクッ」

「え？　おいっ！」

桜井さんは瓶の中身を全て飲み干してしまった。

「ぷはー！　美味しかったです！」

「マジかよ……」

今度は何の薬だったのだろう？

桜井さんがこれ以上俺に惚れても意味がない気もするが……。

「ところでこの薬は何なんだ？」

「えっと、確か『どんな人間でも催眠状態にできる』っていう効果があったと思います」

「は？　それじゃあお前は今催眠状態なのか？」

「多分そうですけど……、先輩、試しに何か命令してみてください！」

「分かった。じゃあ……桜井さん、『君は犬だ』！」

「わんっ！」

……マジで⁉

俺が驚いていると、次第に桜井さんの目つきが鋭くなっていく。それはまさに獲物を狙う獣の目だった。

……って、ちょっとイメージが違わないか？

「う〜、がるるるぅ！」

「ひぃっ⁉」

俺は思わず後ずさる。

彼女は四つん這いになって俺を見上げている。

「わふん♡……先輩、逃さないですよ？」

……これヤバくないか？

なんか色々とおかしくなっている気がするんだが……。

「わふっ、わふっ！」

桜井さんはゆっくりこちらに近づくと、突然飛びかかってきた。

ムギュ！

彼女の柔らかい感触が俺の体に押し付けられる。

「わふわふっ！　先輩っ！」

「ちょっ、やめろ！」

俺の上に伸し掛かっているのは、先程までの可愛らしい後輩ではなく、飢えた狼のように目をギラつかせた一匹の雌犬だった。

『はぁはぁ……、先輩の匂い……♡』

桜井さんは首筋に鼻を押し当てると、くんかくんかと嗅ぎ始めた。

まずい、このままだと俺は喰われてしまうかもしれない！

助けを求めて教室を見回す。しかし……、

「アイツら何じゃれ合ってんだ？」「犬と飼い主ごっこでしょ」「仲良いよな～」「リア充爆発しろ」

……俺に味方はいないのか!!

必死に抵抗するが、彼女は構わず俺の体に頬擦りをしてくる。

「先輩……もっと嗅がせてください♡」

「くそっ！　桜井さん、正気に戻ってくれ！」

彼女の体を力づくで引き離し、両肩を掴んで抑える。

「きゃうん♡　先輩、そんなに乱暴にしたらダメですよ♡」

「おい！　いい加減にしないと怒るぞ!!」

「先輩になら何をされてもいいですよ……？」

「そういう問題じゃないんだよっ！」
ダメだ、全く話が通じない。これは本格的にヤバいな。
何とかして彼女を救ってやらないと。
どうする？
考えろ……、考えて……、考える……。
だめだ、何も思いつかない！
悔しいが、Undoするしかない。
彼女のためにも、今はやり直すんだ。
……Undo!!

◇◇◇

「えー！　まだ半分以上残ってるのにー！」

どうやら俺が薬を吹き出した後の時点に戻されたようだな。
俺はもうこれを飲まずに済みそうだ。
しかし、こんなものは桜井さんにも飲ませるわけにはいかないな。
「これは危険な物なんだ。だから今すぐ処分させてもらうよ！」
ポイッ！
俺は瓶を窓から投げ捨てた。

「あー！　先輩、ポイ捨ては良くないですよ！」

「いいんだよ。あんなもん学校に持ってきちまう方が問題だ」

「むー、分かりました。先輩の言う通りですね」

「分かってくれて嬉しいよ」

「じゃあ次からはもっと美味しいのを用意しますね！」

「いらん！」

「遠慮しないでくださいよ～」

「遠慮してない！　……ほら、もうこんな時間だぞ？」

「……あっ、もう授業始まっちゃいますね！　それじゃあまた休み時間に来ますね！」

「いや、もう来なくてもいいよ」

「どうしてですか？」

「いいから！とにかくもう来るなよ！」

「は、はい。わかりました」

桜井さんは渋々といった感じで教室から出て行った。

……ふぅ、これでいいだろう。

なんだかんだあったが、ようやく授業に集中できそうだ。

しかし、まだ朝だというのにずいぶんと時間を費やしてしまったような気がするぜ……。

◇◇◇

………キーンコーンカーンコーン♪

午前の授業は終わり、昼休みのチャイムが鳴った。

よし、昼飯を食べに行くか。

俺は教室を出て購買に向かった。


焼きそばパンを買って空いているベンチを探していると、ちょうど良く空いたスペースを見つけたのでそこに腰かける。

するとすぐに隣に誰か座ってきた。

「ん？」

隣を見ると、それはやはり桜井さんだった。

彼女は弁当箱を抱えてニコニコしている。

「おい、なんでここに座るんだよ？」

「だってここが私の定位置ですし？」

「嘘つけ！」

「そんなことより一緒にご飯食べましょうよ～」

「嫌だね。一人で食わせてくれ」

「もう、しょうがないですね。分かりました」

そう言って桜井さんは去って行くと、他の友達と話し始めた。

さて、早速食べるとするか。

俺は買ったばかりの焼きそばパンを頬張る。

うん、うまい。

……桜井さん達の話し声が聞こえてくる。

何の話をしているのだろう？

気になった俺はつい耳を傾けてしまった。

『ところで桜井は最近先輩と上手く行ってるの？』

『うーん、何だか避けられてるみたい』

どうやら話題は俺のことらしいな。

『そりゃそうだよ。だって普通にアピールすればいいのに、変な薬を使おうとするんだもん……』

『大丈夫だよ！　ちゃんとした方法を研究してきたから！』

『本当かなぁ……』

『本当本当！　信じてよ～』

やっぱりあの薬は飲まないほうが良さそうだ。

しかし、桜井さんもバカなことを考えたもんだ。あんなやり方で俺が惚れてしまうと本気で思っていたのだろうか？

……いや、きっとそうなのだろう。

俺は彼女のことを何も分かっていなかったのだ。

今まではただの可愛い後輩としか思ってなかった。しかし本当はとんでもない奴だったんだ。俺はそれを理解していなかった。

でも……それじゃあダメだ。

彼女を救う為にも、俺はしっかり向き合わなければならない。

そう考えた俺は彼女に声をかけることにした。


「桜井さん」

「……はい？　先輩どうしましたか？」

桜井さんは友人との会話を中断してこちらを見る。

「少し話があるんだけどいいかい？」

「いいですよ」

桜井さんの友人は俺達の様子に興味津々のようだ。

「……ちょっと場所を変えようか」

「はい！」

桜井さんは嬉しそうに俺に付いてくる。

桜井さんの友人が「頑張って～」と言いたげに彼女に手を振って見送っていた。


俺と桜井さんは校舎裏に移動した。

「それで？　話って何ですか？」

「単刀直入に言うよ。俺は桜井さんのことが好きだ」

「やったぁ！　先輩に告白されちゃいました♡」

跳ねるようにして喜びを表す桜井さん。その表情はまるで無邪気な子供のようで、とても可愛らしく見えた。

「だけど……」

だがここで終わる訳にはいかない。

「桜井さんがやってることは間違っていると思うんだ」

「えっ……？」

「俺は今の桜井さんと付き合うことはできない」

「……どういうことですか？」

「薬や変な手段に頼って、俺のことを無理やり振り向かせようとするのはやめて欲しい」

「そ、それは……」

「俺は君を大切な後輩として救いたい。ただそれだけなんだ」

「……そうなんですか」

「ああ、悪いけど俺は君の気持ちに応えることはできない」

「……」

桜井さんは黙り込んでしまった。

もしかしたら彼女を傷付けてしまったかもしれない。

でもこれが今の俺の本当の気持ちだ。

「……私はただ……先輩のことが……」

桜井さんは俯いて何か呟いていたが、よく聞き取れなかった。

「じゃあ、そういうことだから……」

「待ってください！」

俺はその場を離れようとしたが、桜井さんに呼び止められた。

「どうしたんだ？」

「……先輩、キスしてもらえませんか？」

「は？」

「先輩が私と付き合えないというのなら……せめて思い出だけでも欲しいです……」

「……ダメだ」

「お願いします！」

「断る」

「どうしても？」

「くどいぞ」

「……わかりました。先輩がそこまで仰るなら仕方ありません」

桜井さんは足早に俺に近づくと、そのまま俺に抱きついてくる。

「おいっ！？」

慌てて引き剥がそうとするが、思った以上に桜井さんの力が強くて離れない。

「ふふふ。こうなったら私が満足するまで離してあげません！」

桜井さんはポケットの中から細いロープを取り出すと、あっという間に俺を縛り上げていく。

「くそ、卑怯だぞ！」

「ほらほら暴れてもムダですってば！」

……結局俺は拘束されてしまった。

「先輩、もう観念してくださいよ～？」

何故だ？　何故こんなことに？

彼女に俺の気持ちを伝えただけなのに……。

今の桜井さんは危うい。このままだといずれ取り返しのつかないことになる。

俺は彼女を救いたい。

だからここはやり直して、別の方法で彼女の目を覚まさせよう。

俺はそう決意すると、Undoを発動させた。

……Undo!!

◇◇◇

「そんなことより一緒にご飯食べましょうよ～」

おっと、一気にここまで戻されてしまったな。

しかし、俺は彼女と一緒に食事をするべきだろうか?

……答えは否だ。

「嫌だね。一人で食わせてくれ」

「もう、しょうがないですね。分かりました」

そう言って彼女は去って行くと、他の友達と話し始めた。

ふぅ、とりあえず危機は脱することができたようだ。

俺は買ったばかりの焼きそばパンを頬張る。

うん、うまい。

……桜井さん達の楽しそうな話し声が聞こえてくる。

何の話をしているのだろう？　Undo前とは少し雰囲気が違うな。

気になった俺は再び耳を傾けてしまった。

『ところで桜井は昨日のあれ観た？』

『みたみた！　面白かったよね！』

『私もあの後ハマっちゃった』

……ん？　何の話だ？

『やっぱり彼氏がいてもああいうの観たいと思う？』

『そりゃあね～。でも私はもっと刺激的なやつが好きかも』

んん？これは一体どういうことだ？

『だよね～。私もどうせ観るならもっと大人向けのがいいかな～』

『わかるぅ～』

いやいやいやいやいや、待て待て。

落ち着け、一旦冷静になるんだ。きっと何かの勘違いだ。

俺は自分に言い聞かせる。

『例えば桜井はどういうのが好きなの～？』

『そうだなぁ、例えば……』

桜井さんが好きなものと言えば、やはり今朝に観ていた『催眠術』動画とかだろうか……？

『……こういうのとか好きかも♡』

『おおっ！　私もそれ好き～！　超興奮するよね～♡』

おい、やめろよ。

それ以上はやばいぞ。

『そうだ！　今度一緒に映画館に行こうよ！　絶対楽しいって！』

『それいい～！　私達気が合うねぇ♪』

いやいやいや、行かないでくれ！　頼む！

俺は彼女に声をかけることにした。


「……ちょっと待ってくれ！！」

桜井さんに駆け寄って肩を掴む。

「えっ？　先輩!?　どうしたんですか突然？」

「催眠術モノの映画なんて絶対に観るんじゃない！」

「はいっ？」「はいっ？」

桜井さんと友人は同時に首を傾げた。

「そんなアブノーマルな世界を君が知る必要はない！　君は清純派のままで居るべきなんだ！」

「えっ、えぇっ？」「はぁ？」

「わかったら早く帰ってくれ！　そして二度とその話をしないで欲しい!!」

「せ、先輩……、私達が今話してたのはこの映画のことですよ……」

そう言って桜井さんが見せてきたスマホには、『全米が泣いた!!』というキャッチコピーと共に、有名なアクション恋愛映画のタイトルが表示されていた。

……あー、なるほどね。……ははは、やっちまったぜ。

「すまん、勘違いだったみたいだ……」

桜井さんと友人の二人は俺を冷ややかな目で見ている。

「先輩、私達の話を盗み聞きしてたんですね？」「ていうか『催眠術モノ』って……」

「うっ……」

「最低……」「変態！」

「いや、違うんだ！　俺はただ……」

「先輩のバカ！　もう知らない！」「桜井、行こ！」

「あ、ちょっと待ってくれよ……」


桜井さん達は走ってどこかに行ってしまった。

そしてそのまま戻って来なかった……。

くそっ、俺はとんでもないミスを犯したようだ。

どうすればいい？

どうしたら挽回できるんだ？

そうだ！　こんな時こそUndoだ。

……Undo!!

◇◇◇

「そんなことより一緒にご飯食べましょうよ～」

「ふぅ、危なかったぜ」

どうやら上手くいったようだ。これで一安心だ。

「先輩？　何が危なかったんですか？」

「いや、何でもないよ」

俺はにこやかに笑って語りかける。

「それより桜井さん、君はここで俺と並んでご飯を食べるべきだ」

「はいっ、先輩♪」

可愛らしい笑顔を俺に向けてくる桜井さん。

よし、これで彼女が友人と妙な話をすることはないだろう。

「……ところで先輩は昨日のあれ観ました？」

来たな。

分かっているぞ。俺に映画の話題を振ろうとしているんだろう？

「あぁ、俺も観たよ」

「面白かったですよね～」

「そうだな」

「それで私思ったんですよ。『もし先輩が催眠術をかけられたらどうなるんだろう？』って」

……ちょっと待て。

「そこで先輩にはこれから催眠術をかけてみようと思います！」

「待ってくれ！　恋愛映画の話じゃないのか！？」

「はい。女の子が彼氏に催眠術をかけるラブコメ映画ですよね？　先輩もテレビで観たんでしょ？」

どういうことだ？

桜井さんは昨日、普通の映画を観ていたはずだが。

……まさか俺のUndo能力、過去も含めて歴史が変わってしまうのか？

あるいは、時間軸そのものがズレてしまっているのだろうか？

考えるうちにも彼女は行動を起こしている。

「では行きますよ！　3・2・1……はいっ！」

まずい！　これは非常にマズい展開だ！

慌てて彼女を止めようとするが、既に体が動かない。

「うっ……動けん……」

「あははっ、成功です！」

彼女は嬉しそうに笑っている。

俺はなんとか逃れようと試みるが、体は全く言うことを聞かなかった。

「じゃあまずは先輩の体を縛らせてもらいますね♡」

そういうと桜井さんはポケットの中から細いロープを取り出して、慣れた手つきで俺の手足を縛り始めた。

や、ヤバすぎるだろ、彼女……。

もう一度Undoするしかないが、果たしてこの状況から抜け出せるのだろうか……？

……Undo!!

◇◇◇

「そんなことより一緒にご飯食べましょうよ～」

「……助かった」

「先輩？　何が助かったんですか？」

　桜井さんは相変わらずの笑顔で話しかけてくる。

　ここは先手を打たなくては！

　俺はにこやかに笑って語りかける。

「いや、何でもないよ。それより、君はここで俺と並んでご飯を食べるべきだ。それから、俺は昨日の映画を観てないぞ」

　すると桜井さんは驚いた表情を見せる。

「えー！　先輩、超能力者ですか!?　どうして私が映画の話をしようとしてるって分かったんですか？」

　……しまった。うっかり先走ってしまったぞ。

「それは……まぁ、勘かな」

「すごいですね！　先輩！」

　そう言って彼女は俺の手を握ってくる。

「実はそうなんですよ！　私、どうしても気になって気になって仕方ない映画があって、でも一人じゃ観に行く勇気がなくて……それで先輩に同伴をお願いしたかったんです！」

「……はい？」

「でも、先輩が気づいてくれたってことは、私の気持ちを分かってくれたってことですよね？」

「そ、そうだな……」

結局、桜井さんが映画の話をするのは変わらないらしい。

だが今度はどんな映画なんだ？　恋愛か？　催眠術か？

「……その映画っていうのは？」

恐る恐る尋ねると、彼女は嬉しそうに答えた。

「これはですね！　動物に変身出来るようになるっていうお薬が出てくる映画なんです！　もう超絶面白いって評判なんですよ～」

「はぁ……」

俺は安堵のため息をつく。

なんだ、普通の映画っぽいじゃないか。

また妙なことになるんじゃないかとヒヤヒヤしたぞ。

「だから……先輩、私と一緒に観に行きませんか？」

桜井さんは俺を上目遣いで見つめてくる。

ふっ、モテる男は辛いぜ……。

「それなら一緒に行ってもいいかな」

「本当ですか？　やったぁ！　この映画、絶対に一人じゃ観に行けなかったんで嬉しいです！」

ん……？

にわかに雲行きが怪しくなってきたぞ。単に俺と映画に行きたいという訳ではなさそうだ。

「……どうして一人じゃ観に行けないんだ？」

「だってこの映画……、子供が大泣きするくらい怖いって噂なんですよ～」

「えっ」

「失神して病院に運ばれた人もいるって聞いてます！」

「……マジかよ」

「先輩は大丈夫ですかね？」

「まぁ……多分……」

「じゃあ、今日の放課後に駅前の映画館に行きましょうね！」

「あ、あぁ、わかったよ」

声が震えてしまう。

「約束ですよ？」

「も、も、もちろんだ」

「ふふっ、楽しみにしてますね！」

そう言って桜井さんは弁当を食べ始めた。

ああ、ごめんよ桜井さん！

俺はホラーとか駄目なんだ！　もしそんな映画を観たら、俺は失神どころでは済まないかもしれない！

でも、彼女を傷つけないように断ることもできない……。

また Undo に頼るしかないのか……。

俺は自分の無力さを痛感するのであった。

……Undo!!

◇◇◇

「でも、先輩が気づいてくれたってことは、私の気持ちを分かってくれたってことですよね？」

よし、映画の内容を訊く前に戻ったぞ。

今度はまともな映画の話になってくれることを祈ろう。

「ま、まぁそうかもしれないな」

「わーい！　先輩ありがとうございます♪」

「ぐふぉ!?」

ドターン！

彼女は勢いよく抱きついてきて、俺はベンチからひっくり返ってしまう。

ああ！　俺の焼きそばパンが潰れる！

「先輩！　今日の放課後は私と一緒に映画を観に行きましょう！」

それはもちろん付き合ってやりたいが、どういう映画なのか確認しておかなくては。またホラー映画だったら困るからな。

「……その映画っていうのは？」

「はい！『俺と後輩は放課後に教室でいちゃつく』ですよ！　楽しみですね♡」

……明らかに不健全な香りの漂うタイトルだ。

しかもシチュエーションが俺と桜井さんに似ている気がする。

そんな映画を二人で観に行ったら、その後はきっと……。

ゴクリ。

俺は思わず生唾を飲み込んでしまった。

「あー！　先輩、今変な想像しましたね！」

「な、何も考えてないから！」

「嘘ですね！　絶対、『映画を観てからああなった後はあんなことやこんなことしてやろう』とか思ってましたよね！」

「そんなことは断じて思っていない！」

「ほんとですか～？　怪しいなぁ～」

くそ、どうにか誤魔化せないか？

……そうだ！　俺の手には今、焼きそばパンがあるじゃないか！

「は、腹減ったなー！　ほら、桜井さんも早く食べないと昼休み終わっちゃうぞ？」

俺は焼きそばパンにかぶりつく。うん、うまい！

「むぅ、分かりました。でも絶対映画は行きましょうね！」

「あ、ああ、いいぞ」

「やったぁ！　約束ですからね！」

桜井さんも弁当を食べ始める。

……ふぅ、なんとか切り抜けられたようだ。

よし、今回はUndo は使わない。

そして次こそは桜井さんを正しい道に戻してやる。

俺はそう心に決めた。

◇◇◇

放課後。

下駄箱の前で桜井さんが待っていた。

彼女は俺を見つけると、嬉しそうに駆け寄ってくる。

「先輩！　お待たせしました♪　さ、早く行きましょう♪」

「あぁ」


俺達は学校を出て、駅前の映画館に向かって歩いていく。

そういえば、いつもの登下校以外で桜井さんと二人きりになるのは初めてだな。

……なんか緊張してきたぞ。

「楽しみですね〜、今日の映画！」

「ああ」

「それにしても、先輩が私の趣味に気づいてくれるなんて嬉しいです！」

「たまたまだよ」

「またまた〜そんなこと言っちゃって！」

「ははは」

「えへへ♡」

「……」

「……」

……会話が続かない。何か話さなければ。

「桜井さんはどこでそんな映画を知ったんだ？」

「えっと、友達が教えてくれました！」

「そっか」

昼休みにUndoする前に映画の話をしていたあの子だな。

「それから、『二人で行くと割引になるよ』って教えてくれました」

「へぇ……。たぶん彼氏とよく映画に行ってるんだろうな」

「そうでしょうねぇ。彼氏と一緒なんて羨ましいです……」

……ん？　羨ましい？

なんで？　これから俺と映画に行くのに？

「俺が君の『彼氏』なんじゃないのか？」

「えっ!?　ち、違いますよ！　何言ってるんですか先輩！」

「なっ、違うのか!?」

「当たり前じゃないですか！」

あ……『当たり前じゃないですか』??

そんな、そんな馬鹿な！

「あれ？　先輩、もしかして『彼氏だと思ってたのは俺だけだったのか？』とか考えました？」

考えた。考えたよ！

だってそうだろ、これまでの状況……！

「じゃあ君は俺のことを何だと思っていたんだよ……！」

「先輩のことですか？　それはもちろん、大切な『先輩』ですよ？」

先輩……？　大切な『先輩』だって??

「私もいつか先輩みたいな素敵な男性とお付き合いできたらいいなって思ってます。だから、今日は先輩と映画に行って、デートの練習をさせてもらおうと思ったんです」

「『練習』……？」

……俺は彼女の言葉に愕然としていた。

これは一体どういうことだ？

彼女は俺のことを交際相手として見ていないということか？

「先輩、どうかしましたか？　顔色が悪いですよ？」

「いや、なんでもない。大丈夫だ」

……大丈夫じゃない。だが、他になんて言えばいいんだ？

俺は彼女の顔を直視できなかった。

「先輩？　本当に大丈夫ですか？」

「ああ、心配してくれてありがとう」

「いえ、どういたしまして！」

俺は一体どうしてしまったんだ？

俺は何故、彼女が俺と付き合いたがっていると勘違いしていたんだ？

映画館に着くまで、俺はただひたすらに悩み続けたのだった。

「着きましたね！」

「着いてしまったか……」

Undoしたい。

それでこの状況が変わるなら。

何も変わらなくても、せめて何も聞かなかったことにしたい。

ああ、俺って……。

……Undo!!

◇◇◇

「あと、『二人で行くと割引になるよ』って教えてくれました」

……戻ってきたか。

ここは慎重に答えを返さないといけないな。

「そ、そうなんだ。いや〜お得だね！」

俺は話題を逸らそうとした。

だが、桜井さんは……、

「きっと彼氏と二人で映画に行ってるんでしょうね！　羨ましいです！」

「そうだね……」

ふっ……結局同じ展開になるのか。

どうやらこの運命は変えられないらしい。

それならば、いっそ俺は道化を演じてやろう。

「俺が君の『彼氏』なんじゃないのか？」

「えっ⁉　ち、違いますよ！　何言ってるんですか、先輩！」

「なっ、違うのか⁉」

「当たり前じゃないですか！」

「そっか……それは残念だな」

「あれ？先輩、もしかして『彼氏だと思ってたのは俺だけだったのか？』とか考えました？」

「考えた。考えたよ！」

「あはは、そんな訳ないじゃないですか～」

「そうだよな！　あはは！」

俺は笑いながら言う。本当は全然笑えない。

「まったく先輩ったらかわいいですねぇ～！」

「うるさい」

俺は顔を逸らす。

くそっ。これじゃあまるで俺が恥ずかしがっているみたいじゃないか。

「あれれ？　先輩照れてるんですか？　もしかして図星だったりします？」

「悔しいけど図星だよ！」

もうどうにでもなれ！

俺は開き直ることにした。

「あはは！　先輩かわいいです！」

「黙ってくれ」

「はいはい、わかりました〜」

「はぁ……」

「あはは！」

何だかやたらとテンションの高い桜井さん。

……俺は彼女に振り回されっぱなしだ。

映画館に着くまで、俺はただひたすらにため息をつくのだった。

「着いたぞ」

「着きましたね！」

平日の映画館は人もまばらで、どの席でも買えそうだった。

「どこの席にする？」

「せっかくですしカップルシートにしちゃいましょう、先輩！」

「いや、それはまずいだろ……」

「えー、いいじゃないですかぁ」

「良くない」

「むぅ」

「そんな顔しても駄目だ」

「ぶー」

「ほら、さっさと決めよう」

「はーい」

結局、真ん中あたりの普通の座席に座ることになった。

俺は少しほっとしたような残念なような複雑な気分だった。

「楽しみですね！　どんな映画なんでしょうか！」

桜井さんはとても楽しそうにしている。

まぁ、楽しんでいるのなら良いだろう……。

俺はそう自分に言い聞かせた。

「そうだな」

「……なんか先輩、元気無いですね」

「そんなことは無いよ」

俺が元気無さそう？　それは勘違いというものだ。

確かに俺は悩んでいるが、別に暗い気持ちになっている訳ではない。

ただ……桜井さんがあまりにも嬉しそうにしているせいで、なんだか罪悪感を覚えてしまうだけなのだ。

これはただのデートの『練習』……。

それなのに、俺は本気で彼女と付き合っているような気分になってしまっている。

それがとても申し訳なくて……でも、その気持ちを表に出すことも出来なくて……俺は今、すごく辛い状態になっていた。

「ふふっ、もしかして緊張してます？」

「そりゃあするだろ」

「ふふっ、そうですよね。私もドキドキしています」

「そうなのか？」

「はい。だって気になる人と初めての映画なんですよ？　私、すっごく嬉しいです！」

「……」

え？　今なんて言った？

「気になる……？　誰が誰のことを？」

「私が先輩をですよ？」

「は？」

『えっ？」

『な、なぁ、それはどういう意味だ？」

「えっと、どういう意味って、どういう意味ですか？」

俺にもよくわからない質問返しをするんじゃない！

「あー……ごめん。今のは忘れてくれ」

「わ、分かりました」

危なかった。

もしまた「『先輩』としてです」とか言われたら立ち直れないところだったぜ……。

……だが、彼女は俺のことが気になると言った。

もしかしたらこの時間軸では彼女にとって俺は特別で、そういう感情を抱いてしまう相手なのかもしれない。

そう思うと、俺の心は妙に浮き足立ってしまう。

我ながら呆れるぜ……。

◇◇◇

そうこうしているうちに上映が始まった。

飽きるほど長いコマーシャルと予告編が続いたあと、コミカルな音楽と共に「NO MOREポップコーン泥棒」が流れ始める。

これが終わればいよいよ映画本編だ。

『俺と後輩は放課後に教室でいちゃつく』か……。一体どんな内容の映画なんだろう？

『R15+』のレーティング表示が否応なく不安を煽ってくる。


スクリーンが明るくなり、映画のオープニングが映し出される。

『放課後の教室。俺はいつものように彼女を待っていた。今日は部活も無いし、二人きりで帰ろう。そう思っていたのだが……』

おお、意外とちゃんとした映画だぞ！

……ただ、何か違和感がある気がするが、気のせいかな？

『ガラガラッ』

『はぁはぁはぁ♡　先輩♡　会いたかったですよ♡♡♡』

『おっ！どうしたんだ？』

『どうしたって、先輩に会いに来たに決まってるじゃないですか♡♡♡』

『そうか。じゃあ、今日はこの前と同じでいいか？』

『もちろんです♡♡』

『よし、それじゃあ始めようか』

『はい♡♡♡』

『せぇのっ』

『えいっ』

『『ちゅーっ♡』』

……おいおい、こいつらいきなり何をやってるんだ？

まったく、情緒もへったくれもないな。

俺には理解できない映画だ……。

「なあ」

俺は小声で隣に座っている桜井さんに話しかける。

『はい、なんでしょう？」

「この映画はなんなんだ？」

「えっと、多分、青春恋愛モノですね！」

「いや、でも……」

『ちゅっ……』

『んっ……』

「……本当か？」

『はぁ……』

「ええ！　間違いありません！」

『先輩……大好き……』

「いやいや、どう見てもこの映画は……」

『俺もだ……』

『んん……』

「キスシーンしか映ってないじゃないか」

『あっ……』

「あっ、あれ？　おかしいな……」

「はぁ……？　内容知ってたんじゃないのかよ」

『はぁはぁ……』

『先輩……』

「どうした？」

「えっ？　私何も言ってないですよ？」

『先輩って私のこと好きですよね？』

「ああ、今のは映画の声か」

『ああ、好きだよ。だからこうして付き合ってるんじゃないか』

「もう、先輩は恥ずかしいですね」

『じゃあ、もっと好きになってくださいね？』

「セリフが紛らわしいんだよ」

『ああ、分かったよ。俺はお前のことが大切だからな』

「聞き間違えないですよね、普通」

『聞き間違いじゃないですよね？　先輩』

「あ、ああ」

『ああ、もちろんだ』

「あれ、先輩？　もしかして怒ってます？」

『じゃあ、これからは毎日愛を囁いてくださいね？』

「いや、大丈夫だ」

『先輩……♡』

「それならいいんですけど……」

『愛してるよ……♡』『ちゅっ……♡♡』『はぁ……♡♡♡』

……それにしても、この映画は何がしたいんだ？

映画が始まってから20分、ひたすらチューしかしてないぞ。

ひょっとしてこれは恋愛映画などではなく、もっと高度な前衛芸術なのではないだろうか？

……俺はそんなことを考えていた。

その後も二人はひたすらチュッチュッしていた。

いかん、このままだと俺まで変な気分になってしまう。

俺はだんだんと見ていられなくなってきて目を瞑った。

……すると今度は二人のリップ音が耳について仕方がない。

『ちゅっ♡』『んっ♡』『じゅるっ♡』『ぷはっ♡』『れろっ♡』『ぴちゃっ♡』『ちゅうっ♡』『ちゅっ♡』『はぁ……♡』『ちゅっ♡』『ちゅぱっ♡』『ちゅっ♡』『ちゅっ……♡』

………。

◇◇◇

二人の長い長いキスはようやく終わり、エンドロールが始まったようだ。

俺はほっとする。

「終わった……」

「終わりましたね……」

桜井さんはどこか惚けた表情をしている。

彼女は俺と違って最後までしっかりと見届けていたらしい。

「あ、あはは……す、すごい映画でしたね」

桜井さんは顔を赤くして笑っている。

どうやら俺が思っているよりずっと恥ずかしかったようだな。

「あ、ああ、そうだな」

俺はそう返すのが精一杯だった。

「先輩はどう思いました？」

「うーん……」

……正直、俺は映画の内容が頭に入ってきていなかった。

あんなにチューばかりしていてよく飽きないものだ。これならエロいビデオのほうがまだ良かったぜ……。

「なんか、よく分からない感じの映画だったな」

「え……？　先輩は分からなかったんですか？」

「いや、途中から全く観てなかった」

「うっ……」

……あれ？

もしかしてこれってマズかったのか？

『あ、あの、先輩』

『な、何？』

「もしかして先輩は私と映画に来るの嫌でしたか……？」

「い、いや、別にそういうことではないけど」

「じゃあどういうことなんですか?先輩、教えて下さい」

「そ、それは……」

俺は言葉に詰まってしまう。

「……やっぱり先輩は私と付き合うのが面倒臭かったんですね」

「違う！　それは誤解だ！」

『じゃあなんで観てなかったんですか！』

『それは……その、悪い』

『きちんと説明して下さい！』

「いや……本当にすまなかった」

俺は頭を下げて謝罪する。桜井さんを怒らせてしまったのだ。

「先輩、私は大丈夫ですよ？　ちゃんと覚悟できてますから」

「は？」

「だから、先輩も覚悟してくださいね？」

「……え？　え？」

「お仕置きの時間ですよ、先輩♡」

そう言うと桜井さんはポケットの中から細いロープを取り出す。

「ちょっ！　ちょっと待て！　落ち着け！」

「待ちません。先輩がいけないんですよ？」

そして彼女は一瞬のうちに俺を縛り上げた。

「ぐっ……」

「せ・ん・ぱ・いっ♡」

……これはヤバいな。完全にキレてるぞ。

一体どうしてこうなったんだ？

俺が何か悪いことをしたというのだろうか？

いや、分かっている。映画を見ていなかった俺が悪いのだ。

だがそれよりも、今はこの状況をどうにかしなければ。

ここはアレかな？　やっぱりUndoかな？

うん、そうしよう。

許してくれ、桜井さん。

……Undo!!

◇◇◇

「えっと、どういう意味って、どういう意味ですか？」

ん？……映画が始まる前まで戻ってしまったようだ。

だがこれはツイてるな。

もしかしたら今度はまともな映画を観れるかもしれない。

『おっ、そろそろ映画が始まるみたいだぞ！』

「は、はい、そうですね」

俺は自分で自分の質問を有耶無耶にしてしまった。

だがまあ、それでもいいだろう。無理に答えさせなくたって。


飽きるほど長いコマーシャルと予告編が続いたあと、コミカルな音楽と共に「NO MOREポップコーン泥棒」が流れ始める。

それが終わって、いよいよ映画本編だ。

『俺と後輩は放課後に教室でいちゃつく』か……。今度はどんな内容の映画なんだろう？

そのレーティング表示は……って、ちょっと待て！

「おい！R指定映画じゃないか！」

俺は立ち上がって桜井さんに声をかける。

「えっ？　そうですよ？」

「いや、そうですよって、桜井さんは……」

「細かいこと気にし過ぎです！　先輩は！」

「細かくない！　だいたいこんなの許されるわけ……」

「ほらほら！　始まりますよ！」

「くっ……！」

俺は渋々席に座り直す。

桜井さん、君は汚れてしまうのか……？


スクリーンが明るくなり、映画のオープニングが映し出される。

『放課後の教室。俺はいつものように彼女を待っていた。今日は部活も無いし、二人きりで帰ろう。そう思っていたのだが……』

……始まった。始まってしまった。

これから何が起こるのだろう。

『ガラガラッ』

『ギャアアァァ』

『いやぁぁぁあああっ！!!』

『ブシュウゥ』

『ドバドバッ』

な、なんだよこれ……スプラッター映画じゃないか!!

R指定ってこっちの意味でかよ！

しかもなんかめっちゃグロいし！　どこがいちゃついてるんだよ!!

ああ……俺は今にも失神してしまいそうだ。

ごめん、桜井さん。

俺は君のことが好きなのかもしれないが、今だけは君と付き合う自信が無い……。

「……先輩？」

『キャハハッ！』

「な、なんだ？」

『グチャッ』

「あの、手を握ってもいいですか？」

『ギィヤァァアァ』

「えっ？」

『ブシャアッ』

「だって、怖いんですもん」

……正直、俺も怖くてしょうがない。

だが、ここで断ると彼女が傷ついてしまう気がした。

「ああ、いいよ」

「ありがとうございます」

彼女は俺の手をぎゅっと握る。

俺は思わずドキリとしてしまう。桜井さんの手は小さくて可愛いな……。

「……ふぅ」

彼女は安心したように息をついた。

「あっ、ごめんなさい」

「いや、全然いいんだけど」

「先輩と一緒で良かったです」

彼女は俺に笑顔を向ける。

……そうだ、俺が彼女を好きかどうかはこの際問題じゃない。

桜井さんが俺を頼ってくれてるんだ。だから俺が彼女を守ってあげないと……。

『ギャアアァ』

『グチャッグッチャ』

『ブシュー』

『ビクンビクン』

『ザッシュン』

『ボトッ』

『ギャアアアァ』

…………。

◇◇◇

「先輩？　せんぱーい？」

「えっ？なに？」

気がつくと、そこには桜井さんの顔があった。

「起きて下さい！　映画はとっくに終わってます！」

「……マジで？」

辺りを見ると、すでに場内は明るくなっていた。

「先輩、完全に寝てましたよ……」

「そ、そうなのか？」

いや、俺は寝ていたわけではない。

おそらく恐怖のあまり失神していたのだ……。

「せっかくの先輩とのデートだったのに……、私……すごくショックです」

桜井さんは悲しそうな顔をしている。

「すまない……」

「いいんです。私が勝手に舞い上がってただけなんですから」

「そんなことは……」

そして彼女が次に発した言葉は、俺の心臓を凍りつかせた。

「……先輩、私のこと好きじゃないんですよね？」

「えっ？」

「私、分かってましたから。先輩の本当の気持ち」

「……何だって？」

「本当は、先輩は私なんて好きじゃなくて、ただ私に合わせてくれてるだけって」

……違う、それは間違っている。

確かに俺は彼女に合わせているかもしれない。

だけど、それでも俺は……。

「先輩は私と付き合うのが嫌なんですよね？」

「……そんな訳無いじゃないか。俺はずっと前から君を……」

「嘘つかないでください」

「嘘じゃない……」

「先輩は優しい人ですから。私が傷つくのを見てられないんでしょ?」

「それは……」

桜井さんの目からは涙がこぼれている。

「先輩は私を傷つけないように、嘘をついてまで私と付き合ってくれてるんですね」

その顔を見て、俺は胸を締め付けられる思いがした。

俺は彼女のこんな顔を見たくはない。どうにかして泣き止んでほしい。

必死に考える。

……だが良い考えは浮かばず、ただ焦るだけだった。

「違うんだ、俺は……」

「違わないですよね? 先輩は私を傷つけたくないだけです」

そうさ、俺は桜井さんを傷つけたくないだけだ。

……いや、やっぱり違うな。俺が本当に恐れていたのは自分が傷つくことだ。

桜井さんの言うとおり、俺は嘘つきなのかもしれない……。

「……ごめん」

「謝らないでください。余計惨めになるじゃないですか」

「桜井さん……聞いて欲しい」

「……聞きたくない」

「頼むから……」

「嫌です！」

「俺は君を……」

「やめてっ!!」

桜井さんは叫んだ。

……どうすればいいんだ？　何を言えば正解なんだ？

分からない。

俺は彼女のことを何も知らない。

俺には彼女が何を考えているのか分からないんだ。

情けない。どうしようもなく情けない自分がいる。

俺は何を間違えたんだ？

どうすれば彼女は俺を信じてくれるのだろう？

それとも、俺には桜井さんを幸せにする力が無いのか？

でも、もしこのまま何もしなければ、きっと俺は一生後悔する……。

俺にはUndo能力がある。

今はその力を信じるしかない。

やり直して、桜井さんを救うんだ！

……Undo!!

◇◇◇

「えっと、どういう意味って、どういう意味ですか？」

……映画の前に戻った。

彼女の質問はこれで三度目だ。

だがこの質問に戻ってきたことには、きっと何かしらの意味があるはずだ。

俺はそう信じて彼女に声をかける。

「桜井さん……」

「あの、先輩？」

ああ、そうか。

これは俺の質問の仕方が良くなかったのかもしれない。

こういう時は躊躇せずストレートに訊くべきなのだ。

「そりゃ当然、恋愛的な意味だ！」

「……はいっ、もちろん恋愛的な意味です♡」

桜井さんは頬を染めながら、笑って肯定した。

「そっか」

……いかんいかん。

つい嬉しくなってニヤけてしまう。

こんな顔を桜井さんに見せる訳にはいかない。俺は必死に顔を引き締めた。

「えへへ、なんだかくすぐったいです♪」

「あ、悪い」

「いえ、全然悪くなんか無いです！」

「そ、そうか……」

「ええ！　むしろ嬉しいです！」

「……ああ」

どうしよう。

嬉しすぎて逆にどうしたらいいか分からん。

「あ、そろそろ映画が始まるんじゃないですか？」

「おっ、そうだな」

俺達はスクリーンに視線を向ける。


飽きるほど長いコマーシャルと予告編が続いたあと、コミカルな音楽と共に「NO MORE ポップコーン泥棒」が流れ始める。

それが終わって、ようやく映画本編だ。

『俺と後輩は放課後に教室でいちゃつく』か……。

表示されたレーティングは『ＰＧ12』だった。

このレーティングなら、そこまで過激な描写はないはずだ。

俺はホッと胸を撫で下ろす。

「あ、始まりますね！　わくわく♪」

桜井さんはどこか浮かれ気味だった。

「だな！」

俺も負けじと返した。

浮かれているのは俺のほうかもしれない。

スクリーンが明るくなり、映画のオープニングが映し出される。

『放課後の教室。俺はいつものように彼女を待っていた。今日は部活も無いし、二人きりで帰ろう。そう思っていたのだが……』

映画の内容は、どこにでもある学園ラブコメといった感じだった。

主人公の男子高校生が、後輩の女子生徒から告白される。

そして二人は付き合い始めるのだが、実は彼女はある事情を抱えた女の子だったのだ。

そんな彼女のために主人公は奮闘していくが、ある日彼女は転校してしまう。

そして、二人の関係は終わりを告げることになる。

『どうしてなんだ……！』

物語はクライマックスを迎えようとしていた。

主人公は彼女を必死で追いかける。

『待ってくれ！』

だが、彼女は逃げ切る。

彼女は遠くから、主人公に向かって叫ぶ。

『さよなら先輩！　私、新しい学校で先輩より素敵な彼氏を見つけて、先輩のことなんてすぐに忘れちゃいますね！』

そう言うと彼女は去っていく。

『そんな……君とはまだ……！』

彼女を呼び止めようとする主人公。

すると彼女は振り返って、悪戯っぽく笑う。

『先輩！　さっきの言葉は嘘ですよ！　う・そ♡』

『なっ……!?』

『私は先輩のことを忘れたりしませんよ！だって、先輩の身体も心も全部、ぜーんぶ！大好きですから！』

『おっ、おい!?　誤解を招くようなことを大声で言うな！』

『うふふっ！　またいつかどこかで会いましょうね！バイバーイ!!』

……そう言って彼女は走り去っていく。

『全く、あいつは最後まで……』

こうして、彼女の最後の悪戯とともに彼らの恋は幕を閉じた……はずだった。

教室の机の中に一通の手紙が残されていたのだ。

主人公はその手紙を読む。

『……先輩は私に優しくしてくれました。私を喜ばせようとしてくれました。私のために頑張ってくれました。だけど、このままじゃダメなんです。先輩は私に同情しているだけです。本当の先輩は、もっと別のはずなんです。だから、私は先輩の前から姿を消すことにします。私が居なくなれば、先輩はきっと他の人を好きになれます。先輩、どうか本当に好きな人と幸せになってください。私も幸せになれるよう頑張ります。今までありがとうございました。大好きでした。先輩、さようなら』

手紙を読み終えた主人公は、その手紙を強く握りしめる。

『俺は馬鹿だ……あいつの本心に気付いてやれなかった』

主人公は自分の愚かさを嘆く。

『俺は……俺は……』

そして彼は立ち上がる。

『俺はこんな終わり方、絶対に許さない！』

と、こちらを……カメラを睨みつけ、なんとカメラを蹴倒してしまった！

『ガシャアアン』

『おい！　何やってんだよ！？』

『俺は認めない！！』

『やめろ！　落ち着け！』

『うるせぇ!!』

『うわぁっ！』『キャアアァア！』『バシャーン』

そして、破壊されていく教室の光景が横倒しに映されたまま、エンドロールが流れ始める。

「……」

「……」

俺と桜井さんは呆気にとられながら、流れるスタッフの名前をただ眺めていた。

まさか、こんな終わり方をするなんて……。

やがて場内は明るくなり、俺と桜井さんは席を立った。

「……意外な結末だったな」

「そうですね。びっくりしました！」

「ああ……」

俺はまだ頭が混乱していた。

一体何が起こったんだ？　彼らはあの後どうなったんだ？　このラストシーンはどういう意味なんだ？？

「先輩、どうしたんですか？」

「……いや、何でもない」

俺は頭を切り替える。

これはこういう映画だったんだ。細かいことは気にしないでおこう。

だが、この映画のおかげで分かったこともある。

それは、俺と桜井さんはこんな結末を迎えちゃいけないってことだ。

その思いを忘れないためにも、この時間軸はUndoしないでおこう……。

俺はそう心に決めた。

◇◇◇

映画館の外に出ると、辺りは夕焼けに染まっていた。

「先輩、今日はありがとうございました」

「いや、こっちこそありがとう」

「いいんです！　私が先輩を付き合わせたんですよ？」

「そうだったな」

「先輩とはまたデートの練習がしたいです♪」

桜井さんは嬉しそうに笑っている。本当に楽しかったようだ。

……だが、このまま終わらせてはいけない。まだ何も解決していないのだ。

帰り道を歩きながら、俺は桜井さんに尋ねた。

「なあ、さっきの映画だけど」

「はい」

「なんというか、ハッピーエンドじゃ無かったよな？」

「そう……ですね」

「でも、バッドエンドでもないよな？」

「そうなんでしょうか？」

「俺はさ、あの二人が幸せになる未来があってもいいと思うんだ」

「……先輩は優しい人ですね」

「そうか？　ハッピーエンドになってほしいと思うのは普通だと思うけど」

「いいえ、やっぱり先輩は優しいです」

「……桜井さんは違うのか？」

「私は……あの子が彼とあんな風に別れたら、きっともう二度と彼には会えないような気がするんです」

「そんなことは無い。俺が主人公なら、あの後もう一度彼女を追いかけて、絶対に再会して、思いっきり抱きしめる」

「ふふっ、先輩って意外とロマンチストなんですね」

「……そうかもな」

確かに、俺は少し夢見がちなところがあるのかもしれない。

……だけど、それが俺という人間だ。

俺が望むのはハッピーエンドであって、バッドエンドじゃない。

「君は、あの二人を見ててどう思ったんだ？」

「……そうですね」

桜井さんは少し考えるような素振りを見せる。

「私の勝手な想像ですけど……、あのまま二人が付き合い続けていても、きっとお互いの気持ちはすれ違っていくだけだったと思います」

「どうしてそう思うんだ？」

「えっと、うまく言えないです。でも……」

桜井さんは空を見上げてから、俺に視線を向けた。

「……なんとなく、私達の関係に似てるんじゃないかなって」

「俺と桜井さんに……？」

確かに、あの映画の登場人物は俺達と似ているところがあった。

だが桜井さんは、俺が桜井さんに同情して付き合っていると言いたいのだろうか？

……だとしたら、それは間違いだ。

俺は同情で付き合うような人間じゃない。俺はそんな器用な真似ができる男じゃないんだ。

「あっ、ごめんなさい！変なこと言っちゃって！」

「いや、大丈夫だよ」

「……そうですか？それなら良かったです。えへへ」

彼女は笑うが、その笑顔はどこか寂しげに見えた。

きっと桜井さんも感じているんだろう。

このままじゃダメなんだ。おそらく今のままでは、俺達二人は永遠にすれ違ったままだ。

でも、俺には彼女のことが分からない。俺は彼女のことを何も知らない。

情けない話ではあるが、それが今の俺の正直な気持ちだった。

だが、それでも俺は彼女のことを……。

「なあ、桜井さん」

「はい？」

「……俺は、君を救いたい」

俺は真剣な表情で彼女に告げる。

「ど、どうしたんですか急に？」

「俺は君の力になりたいんだ」

そのためにも、俺は桜井さんのことをもっと知りたい。

だから俺は彼女の手を掴まなければならない！

彼女が逃げられないように、しっかりと握るんだ！！

ギュッ！

「えっと、あの……先輩？」

「君を救うには、君のことを知らなければならないと思う」

「そ、それってつまり……」

「俺に君を教えて欲しい」

「あぅ……♡ そういうことなんですね？」

ん？どういうことなんだ？

桜井さんはみるみる顔を紅潮させていく。

「えへへ……私、先輩のご期待に添えるか分かりませんが、精一杯教えてあげますね♡」

「あ、ああ……？」

よく分からんが、桜井さんはやる気になっているようだ。

……よし、ここは彼女に任せてしまおう！

「あの、それで、先輩は私の何を知りたいんでしょう？」

「そうだな……」

俺は少し考えてから、彼女に質問を投げかけた。

「君は普段、どんなことを考えてるんだ？」

「はいっ！　私はいつも先輩のことばかり考えています！」

桜井さんは満面の笑みをたたえて答える。

「……そ、そうか」

「はい♪　私はいつも先輩のことだけを考えていて、いつでも先輩の声が聞きたくなってしまうんです♡」

「……な、なるほど」

これは予想以上に恥ずかしいな。

「それから、先輩に抱きついた時の感触とか、匂いとか……先輩の体温とかも忘れられなくて……♡」

「……そ、そうなのか」

これは……ちょっとヤバいんじゃないか？

「さすがにちょっと変態的すぎるかなって思って自重しているんですけど……実はこっそり先輩の制服を着てみたりなんかしちゃったり……」

「そ、そうなんだ……」

これ絶対聞かない方が良かったやつだ。

桜井さんのテンションは最高潮に達していた。彼女は興奮気味に続ける。

「あとは時々我慢できなくなっちゃって、先輩のことを妄想しながら一人で……きゃっ♡」

「お、おい⁉　ストップ！　ストーップ！」

俺は慌てて話を遮った。これ以上はまずい！

「はい！　なんでしょう？」

桜井さんはキョトンとした顔をする。その様子はとても可愛らしいのだが……。

「いや、その……そこまで言わなくても大丈夫だぞ？……というより、それ以上は口に出さない方がいい！」

「え～、先輩が教えて欲しいって言ったんじゃないですか～」

「そうだけどさ！　そうなんだけどさ！」

「もっと色々教えてあげますよ～先輩♪」

「いやもう十分だ！」

そもそも、こんなことは聞かなかったことにすべきなのだ。

桜井さんも俺の前でこんなことを言わなかったことにしてあげるべきだろう。

それが紳士の嗜みであり、優しさってものじゃないか？

だからこの時間軸はUndoしよう。

俺はそう心に決めた。

……Undo!!

◇◇◇

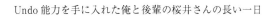

「ど、どうしたんですか急に？」

ふぅ……危なかった。もう少しで桜井さんの性癖が白日の下に晒されてしまうところだったぜ。

今度は慎重に行こう。

「俺は君の力になりたいんだ」

俺はじっと彼女の瞳を見つめる。

「あの……先輩？」

そもそも彼女は俺をどうしたいのだろう。

俺と一緒に居たいだけなのか？

俺のことを独占してしまいたいのか？

それとも、俺に愛されたいと願っているのだろうか。

俺は彼女を救いたい。そのためにも……、

「君のことをきちんと知っておきたい」

「……っ！」

桜井さんは一瞬驚いた後、なぜか戸惑うような顔になった。

「先輩、私は……」

「俺は君のことを知りたいんだ」

「……」

「だから……これからは、ちゃんと話してくれないか？」

「話すって、な、何をですか？」

「……全部だよ」

「ぜ、全部？」

「ああ。今日のこと、今までのこと、全部教えて欲しい」

考えてみれば桜井さんの行動は朝から不可解だった。

俺に催眠術をかけようとしたり、ロープで縛ろうとしたり、映画に誘ったり、一体何がしたかったのだろう？

俺は彼女の本心を聞き出さなければならない。

「……それは、その……嫌です」

桜井さんは俯きながら小さな声で答えた。

「……どうしてだ？」

「先輩に嫌われちゃいます」

「そんなことはない」

「いいえ、あります。私は……先輩に嫌われたくないから、ずっと黙っていたことがあるんです」

桜井さんは声を震わせながら、必死に涙を堪えているようだった。

「先輩はきっと後悔します。私のことを知れば知るほどに」

俺は彼女の言葉を聞いて、衝撃を受けた。

だが、それでも俺は……。

「それでも俺は知りたい。桜井さんのことが好きだからだ」

「……先輩」

俺は彼女の肩を掴む。

「頼む。俺を信じて欲しい」

真剣な眼差しを向けて、彼女の返答を待つ。

すると、桜井さんは小さくため息をついてから、諦めたように話し始めた。

「……わかりました。でも、覚悟して下さいよ？」

「……ああ」

「先輩、まず最初に謝っておきます。ごめんなさい」

「……」

俺は無言で彼女の次の言葉を待つ。

「私は……、先輩は私になんか興味が無いんだって思ってました」

「……え？」

俺は耳を疑った。

「だって、私がどんなにアピールしても、全然振り向いてくれなかったじゃないですか」

「……」

「だけど、少しでもチャンスが欲しかったから、今日も頑張っていたんですよ？」

「そう……だったんだな」

「はい。だけど、やっぱりダメみたいですね。私は先輩の彼女になりたいです。でも、きっとそれは叶わない願いなんです」

「どうしてそう思うんだ？」

「だって、私は……普通の女の子じゃないですから」

「普通じゃない？」

「はい。私みたいな子は他にいないと思います」

「そんなことは無いと思うけどな」

「先輩は優しいですね。でも、先輩は私のことを知らないだけです」

「……」

俺は彼女の言葉を否定できなかった。

なぜなら、それは俺も感じていたことだからだ。俺は桜井さんのことを知っているとは言えない。

「私は……先輩に振り向いてもらいたくて、ずっと先輩のことを考えていました」

「……」

俺は彼女の告白を静かに聞いた。

「今朝は変な薬を飲ませようとしてごめんなさい。あれ、本当は先輩に飲んで欲しかったわけじゃ無いんです。ただ、私が先輩の気を引きたかっただけなんです……」

「そっか……」

「それから、無理やりキスしようとしてごめんなさい。先輩は優しいから、きっと私のことを受け入れてくれるだろうと思ってました。……甘えてたんだと思う」

桜井さんは自嘲するように笑う。そして俯きながら、呟くように続けた。

「私ね……、本当に先輩のことが好きなんです。先輩の優しいところとか、頼りになるところとか、真面目で不器用で……、そういうところ全部が大好き」

「ありがとう……桜井さん」

「だけど、同時に怖くなっちゃったんです。先輩が他の女の子と話しているのを見るだけで胸が苦しくなる。私だけの先輩でいて欲しいって、そんな風に思うようになった」

「……」

「先輩が他の女の子を好きになっちゃったら、先輩が他の女の子に取られちゃったらって、考えるだけで頭がおかしくなりそうだった。だから、先輩が他の誰かと付き合う前に、先輩の心を壊してしまえばいいって思ってしまったんです……」

「それで、俺に催眠術をかけようとしたのか？」

「はい……。本当にすみませんでした」

そう言って彼女は頭を下げる。

「顔を上げてくれ」

「いえ、ダメです。私にはその資格がありません。私は先輩に酷いことをしました。先輩に嫌な思いをさせてしまいました。私は先輩の側にいるべきじゃ無いんです」

「……桜井さん、俺が悪かった。俺が君を不安にさせたんだよな。なのに俺は、君を傷つけてしまうのが怖くて、一歩引いて接していた。甘えていたのは俺の方だ。その結果が……これだ。君を苦しめて、泣かせてしまうことになった」

「違います！　悪いのは私です！　先輩は何も知らないのに、勝手に先輩を好きになって、それで、先輩を振り回しました。先輩は優しいから、私を傷つけないようにしてくれただけなのに、それを勘違いしていました」

「……」

「でも、私はバカだから、気付かなかったんです。そんなことにも気付かないくらい、先輩に夢中になってしまって……」

「……」

「私は、最低の女なんです。……幻滅しましたよね？　私のこと」

桜井さんは嗚咽を漏らし始めてしまった。

「……確かに、君は俺に隠し事をしていたかもしれない。でも、それは俺も同じだ。俺も君の気持ちに気がつかなかった。だからおあいこだよ」

「そんなの嘘です！　私は先輩に言えないようなことも沢山して来ました！　先輩は私の汚い部分を知らないだけなんですよ!!」

彼女は、溢れる涙を拭いもせずに叫んだ。その表情は悲痛に歪んでいる。

……俺は、どうすれば良いのだろうか？

俺は彼女が苦しんでいる原因を取り除いてやりたいと思っていた。でも、どうやら俺がその原因だったらしい。

俺は一体どうしたら……？

……俺は考えた末、一つの結論を出した。

Undo するんだ。

俺は彼女が泣いている姿は見たくない。

それは俺の身勝手かもしれない。単なる俺のエゴかもしれない。

だが、それでも俺は彼女を救いたい。

俺にできることはそれだけだ。そして、それができるのも俺だけだ。

ならば、やるしかないだろう。

……Undo!!

◇◇◇

「先輩はきっと後悔します。私のことを知れば知る程に」

必死に涙を堪えている桜井さんが眼の前にいる。

俺はそんな彼女に優しく微笑みかける。

「……分かったよ、桜井さん。それなら俺からは訊かないことにする。桜井さんが話せる時が来たら、その時は聞かせてくれないか？……それまでは、俺は待つよ」

「え……？」

俺はようやく理解しつつあった。

今日の出来事を。これまでの出来事を。

なぜUndoする度に彼女の元に戻っているのかを。

「俺は桜井さんを信じるから」

『先輩……』

それはきっと、桜井さんがそれを望んでいるからだろう。

だから俺は、桜井さんを信じることにした。彼女の言葉を全て受け入れると決めた。

俺は桜井さんを救いたい。俺は彼女を失いたくないのだ。

「だからその代わり、桜井さんが俺の話を聞いてくれ」

「……えっ？」

彼女を救うには、俺が変わっていかなければいけない。

俺は彼女に素直に伝えようと思った。俺がどんな気持ちで彼女に接しているのかを。

「俺は、桜井さんが好きだ。桜井さんの笑顔が大好きだ」

「せ、先輩っ！？」

彼女もきっと、俺に答えに気付いて欲しかったんだ。そしてその答えに、俺はやっと気がついた。

「俺は桜井さんの存在に救われた。桜井さんは、いつも俺に笑って寄り添ってくれた。嬉しい日も辛い日も一緒にいてくれた。そんな桜井さんが、いつの間にか特別な存在になっていたんだ」

「……」

俺は俺のしたいことをする。そして彼女のために出来ることをする。それが俺の答えだ。

「だから今度は俺が桜井さんを救う。俺は、桜井さんが望むなら何度だって言うよ。俺は桜井さんが好きだって」

「先輩……！」

俺のしたいこと、そして俺に出来ることはただ一つ……彼女を笑顔にすることだ。

「だから、もう自分を責めないでほしい。俺は桜井さんに笑顔でいてほしいんだ」

「……」

「……」

少しの間沈黙が流れて、桜井さんは口を開いた。

「……先輩は、やっぱり優しすぎますよ」

彼女は涙を拭って笑った。

……良かった。彼女の笑顔を取り戻すことができた。

そっと桜井さんの頭を撫でて、俺は吐露する。

「……桜井さん、俺は君が思っているほど立派な男じゃないんだ。本当は、臆病で卑怯な人間なんだよ」

彼女が苦しんだのは俺の心の弱さのせいだ。

俺が強ければ、桜井さんをこんなに悩ませることはなかったはずだ。

今日だって何度もUndoして、繰り返して、やり直して、やっとこの時間軸にたどり着いたに過ぎない。

「そんなことありません！　先輩は自分が思っている以上にカッコ良くて魅力的な人なんですよ？」

「……そうなのか？」

「はい！先輩は優しくて、頼りになって、真面目で不器用で……、そういうところ全部含めて素敵なんです！だから私は先輩と一緒に居たくなっちゃうんです！」

「そうか。それは嬉しいな」

「えへへっ」

桜井さんは照れくさそうに笑う。

その目元はまだ少し赤いけれど、彼女の本当の笑顔を見ることができたと思う。

もっと彼女の言葉を聴きたい。彼女の本心に触れたい。

「なあ桜井さん、君にお願いがあるんだ」

「何でしょう？」

「これからは、何でも思ったことは素直に言ってくれ。君の言葉を聴きたいんだ」

「……でも、そうしたら先輩に迷惑をかけちゃいます」

「いや、むしろかけてくれないか？　俺は君が好きだ。だからこそ、君の気持ちを知りたいんだ」

「……」

「俺は今までずっと逃げてきた。でも、もう逃げるのは止めるよ。君のことを知りたい。君の全てを受け止めたい」

「先輩……そんなこと言われたら、期待しちゃいますよ？」

「ああ、してくれて構わない」

「……分かりました。先輩がそこまで仰るなら、私も告白しちゃいますね」

桜井さんは深呼吸をして、俺の目を見る。そして、ゆっくりと口を開いた。

「……先輩が、好きです」

「うん」

「……私も、先輩の全部が知りたいです」

「ありがとう」

「私、先輩の彼女にしてもらえますか？」

「ああ、もちろんだよ」

「やったぁー!!　ありがとうございます先輩♡」

彼女は満面の笑顔で俺に抱きついてくる。俺はそれをしっかりと抱きしめ返す。

だが、これで終わりじゃない。俺にはまだやるべきことがある。

このままでは、彼女はまた同じことを繰り返してしまうだろう。それでは彼女を救ったことにはならない。

「ただし桜井さん、その代わりに……」

と、俺は彼女の制服のポケットに手を突っ込む。

「きゃっ！？」

桜井さんは驚いて可愛らしい声を上げた。

「……これは没収させてもらうよ」

ポケットの中に入っていた物をつかんで取り上げる。それは見覚えのある細いロープだった。

「あっ！　それは……」

「ダメじゃないか桜井さん。こんな物を持ち歩いちゃ」

俺はロープをそのまま自分のカバンの中にしまい込んだ。

「うぅ……先輩って意外と意地悪なんですね」

「いいんだよ。こんなもん持ち歩いてる方が問題だ」

「……そうですね。分かりました。それは先輩に預けておきます」

「ははっ、観念してくれたようだな」

まぁ、彼女が俺と本気で付き合いたいのなら、こんなものはもう不要だろう。

「でも先輩、一つ教えてもらえませんか？」

桜井さんは上目遣いで俺に尋ねた。

「何だい？」

「どうして私がロープを持ってること知ってたんですか？」

「ん？……あっ」

思わず声を上げてしまった。

よく思い出したら、この時間軸では桜井さんがロープを取り出したことが無い。つまり、俺がロープの存在を知っているはずがないのだ。

まさかUndo能力のおかげとは言えないぞ。どうしたものか……。

「そ、それは……まぁ、勘かな」

「先輩って嘘つくの下手ですね」

「いや……その」

答えあぐねていると、桜井さんは俺の耳元に顔を寄せて囁いた。

「もしかして先輩、別の時間軸で私に縛られちゃいました？」

「なっ……!?」

◇◇◇

俺は驚きを隠せなかった。

……どういうことだ？　まさか桜井さんは、俺がやり直していることを知っているのか!?

すると、桜井さんはニッコリと微笑んだ。

「大丈夫ですよ。先輩の秘密は誰にも言いませんから」

「先輩は優しい人ですから。きっと何度もやり直して、私を救おうと頑張ってくれてたんでしょ？」

「……！」

「……参ったな」

どうやら俺がUndoしていることはバレてしまったらしい。

ここは覚悟を決めて、彼女に全てを打ち明けることにしよう。

「ああ……そうだ。俺にはUndo能力がある。これまで隠してて悪かった」

「ふふっ、やっぱりそうなんですね！」

「もしかして、最初から気づいていたのか？」

「いえ、先輩が私のために何かしてくれてるのは薄々感じてましたけど、それがUndoだなんて思ってませんでした」

「……ごめんな桜井さん。俺はカッコいいヒーローなんかじゃない。俺はただUndoを繰り返して、自分に都合のいい未来を選んでいただけなんだ」

「謝らなくていいんですよ！　私、先輩にUndoしてもらえてとっても嬉しいです♪」

「嬉しい……？　そんなに簡単に受け入れられるものなのか？」

「はい。だって、先輩のUndoは先輩の優しさそのものじゃないですか」

その言葉を聞いて、胸が熱くなるのを感じた。俺のUndoをそんなふうに解釈してくれるなんて、思いもしなかったから。

「桜井さん……」

「それに、先輩は私を信じるって言ってくれましたよね？」

「ああ、言った」

「だから、私も先輩を信じます！」

「……ありがとう、桜井さん」

心の底から彼女に感謝した。

そして思う。

彼女のために、自分のために、俺は前に進んで行こうと。

「俺、この時間軸はUndoはしないよ」

「はいっ♪　私もしません！」

……ん？

今、桜井さんは何と言った？

「桜井さん、『私もしません』って……？」

「あっ……言っちゃいました」

彼女は恥ずかしそうに頬を染めて、舌を出した。

「……実は、私も先輩と同じ能力を持ってるんです」

「なんだって！？」

「だから、私もUndo能力で時間を戻してたんです」

「さ、桜井さんも……だったのか？」

「はい。まぁ、私は先輩と違って、先輩と仲良くなるためだけにUndoしてたんですけどね……きゃっ♡」

桜井さんは頬に手を当てて体をくねらせる。

「な、なんだよそれ……」

俺は呆気に取られてしまった。

まさか俺だけじゃなく、桜井さんもUndoしていたなんて。

俺達がUndoを繰り返す度に、二人の過ごした時間は積み重なっていたんだ。そうして俺達は惹かれ合ったに違いない。

「ははっ……そんなのチートだろ」

俺は思わず苦笑いしてしまった。

「えへへ、反則ですよね」

桜井さんも苦笑いを浮かべる。

「君はどれくらいUndoしてたんだ？」

「えっと……実は、今日だけで十回くらいしちゃいました」

なんてこった。俺達はお互いに時間をやり直し合っていたのか。

「先輩は？」

「俺は……もっとかな？」

……どうだろう？　数えるのも忘れてしまった。

「えぇ～！そんなにUndoしてるなんてズルいですよ～」

「桜井さんが朝から変なことばっかりするからだろ」

「えへへ、すいませーん」

彼女はまた舌を出しておどけてみせた。

その様子が可愛らしくて、俺は思わず笑ってしまった。

「ははは……俺達、バカみたいだな」

「あははっ、ほんとですね！」

俺達は二人して笑い合う。

本当に滑稽な話だ。だって、二人で何度も同じ失敗を繰り返していたってことなんだから。

ひとしきり笑った後、桜井さんは俺に寄りかかってきた。

「あ～、やっと先輩と恋人同士になれました♡」

彼女は幸せそうな表情をしている。

そんな桜井さんをギュッと強く抱きしめた。

「……ああ、そうだな」

ここに来るまでずいぶん遠回りをしてしまったような気がする。

彼女は俺の胸に顔を擦り寄せる。それはまるで猫のように……いや、桜井さんは犬かな？

「先輩の匂い……安心します」

「そうか？」

「はい！　私、先輩の匂い大好きです♪」

桜井さんはさらに俺に密着してくる。

……これはなかなか照れくさいな。

「あの……」

彼女は上目遣いで俺を見つめた。

「どうしたんだ？」

「……先輩、キスしてもらえませんか？」

「いいぞ」

俺は即答した。

もう迷いはない。

彼女の全てを肯定して、受け入れたい。

「……先輩」

「……桜井さん」

桜井さんは目を瞑ると、顎を少し上げて唇をこちらに向けてくる。

俺は彼女の後頭部に優しく手を添えて引き寄せる。

そして、彼女の唇に自分のそれを重ね合わせた。

「……んっ」

桜井さんの唇の感触が伝わる。柔らかくて、温かくて、甘くて、蕩けてしまいそうだ。

「ん……」

「んっ……」

俺達はしばらくそのままでいたが、俺は彼女ともっと深く繋がりたくなった。

「んんっ⁉」

桜井さんが驚いて声を漏らすが、俺は構わずに……

ちろっ
「んひゃぁあ⁉」

その途端、桜井さんは可愛らしい悲鳴を上げながら、大慌てで俺から飛び退いて口元を押さえた。

「なっ、ななな何するんですか先輩⁉」

彼女の顔は耳まで真っ赤に染まっていた。

「あ、すまない、つい」

……しまった、勢いで最初に観たあの映画のマネをしてしまったぞ。これは失敗したかな？

「え、えへへ、ぇえっと……」

彼女はモジモジしながら、チラリと俺の顔を見上げる。

「……先輩のエッチ♡」

そして彼女はクスッと笑った。

「今はここまでですよ？」

「……ああ、わかってるよ」

俺は苦笑いしながら答える。

……いや待て、『今は』ということは……いずれはこの先も良いということだな？

俺はニヤけそうになるのを必死に抑えた。

「あっ！　先輩、今何か良からぬことを考えてますね？」

「いいや、何も考えてないよ」

「嘘ですね！　顔に出てますもん！」

「……気のせいだよ」

「むぅ……まあいいでしょう。今日のところは許してあげます」

桜井さんは満足げに微笑んで、俺と腕を絡める。

「先輩、明日も一緒に学校に行きましょう！」

「ああ」

「休み時間は先輩の教室に行ってもいいですか？」

「いいぞ」

「それから、お昼ご飯も並んで食べましょう！」

「分かった」

「放課後は駅前のカフェとか、寄り道に付き合ってほしいです！」

「了解」

「あとは……う～ん、まだまだありますね♪」

桜井さんは指折り数えて嬉しそうにしている。

「桜井さん」

「はい？」

「これからもよろしくな」

「はいっ♪」

桜井さんの弾けるような笑顔が輝く。

そしてその笑顔を見て確信する。俺の選択に間違いはなかったと。

俺は彼女に誓おう。

君と過ごすこの時間を大切にしよう。

これからどんな困難が待ち受けていようとも、俺は君を信じる。

たとえ何度やり直そうとも、必ず君を救ってみせる。

だから、俺の隣でずっと笑っていてくれ。

◇◇◇

〈エピローグ〉


「……なぁ桜井さん、俺にも一つ教えてもらえないか？」

「はい、なんでしょうか？」

「君はどうしてロープなんか持ってたんだ？」

「えっ！　えっと、それは……」

彼女は視線を泳がせると、ボソッと呟く。

「……先輩に縛られる妄想をしていたんです」

「は？」

「いつか先輩に縛られて、先輩のモノになりたいなぁ……って思ってたんです」

「……」

「時々我慢できなくなっちゃって、一人で使っちゃうこともありました」

「そ……そうか」

俺は返事に困ってしまった。

まさかそんなことを考えていたとは……俺の彼女、なかなかヤバいな。

「あっ……先輩、もしかして引いちゃいました？」

「いいや、そんなことは……」

「先輩、忘れてくれますか？　それともUndoしちゃいます？」

「……」

じっと彼女の眼を見る。桜井さんはその瞳で俺に訴えかけてきた。

……だが、俺の心はもう決まっている。

彼女に微笑みかけて、答えた。

「このままでいいよ」

俺はもう迷わない。

たとえ彼女がどんな変態であろうと、俺は彼女を愛そう。そして、彼女の笑顔を守ってみせる。

……まぁ、ちょっと大変かもしれないけどな。

「え～、残念です。先輩にまたUndoされたかったなー」

彼女は悪戯っ子のような顔をして言った。

……ったく、桜井さんはしょうがないな。

「……じゃあ、今度するよ」

「えっ？」

「今度は練習じゃない本物のデートをしよう。その時に、君が満足するまでUndoしてあげるよ」

「本当ですかっ！？」

「ああ、約束だ」

「やったぁ！　私もいっぱいUndoしてあげますから、覚悟してくださいね？　先輩♡」

「おいおい、ほどほどで頼むよ」

「は〜い♪」

桜井さんはとても嬉しそうに笑う。

俺は彼女の笑顔につい見惚れてしまう。

夕陽の沈む空の下、俺と桜井さんは腕を組んで帰る。

きっとこれが俺の望んだハッピーエンド……いや、トゥルーエンドだ。

こうして、Undo能力を手に入れた俺と桜井さんの長い一日は終わったのだった。

〜


【登場人物紹介】
・先輩（主人公）
高校三年生。桜井さんに好かれている。

Undo能力を持っており、少しだけ時間を戻すことができる。

ただし、戻った先の時間軸は元の時間軸から僅かにズレているため、同じ歴史をやり直せるとは限らない。

・桜井さん（ヒロイン）
主人公の後輩。高校二年生。先輩のことが大好き。

可愛い見た目とは裏腹に、常軌を逸した行動を取ることもしばしば。

Undo能力を使って自分と先輩の運命を変えることができた。

・桜井さんの友人（ちょい役）

桜井さんのクラスメイト。付き合っている彼氏がいる。

映画が好きで、桜井さんに先輩を映画デートに誘うよう薦めた。


【作中映画紹介】
・『俺と後輩は放課後に教室でいちゃつく』（一回目）
放課後の教室で男女二人の生徒が六十分間ひたすら熱いキスを交わすアバンギャルド映画。

ストーリー性を排除した純粋なラブシーンを撮りたい鬼才の映画監督が送り出した異色作。なんと全編ワンカット。

カップルで隣同士に座って鑑賞した場合、お互いに意識してしまって集中できない可能性があるので注意。
・『俺と後輩は放課後に教室でいちゃつく』（二回目）
夕闇に染まる校舎を舞台としたスプラッター映画。

観客の度肝を抜きたい鬼才の映画監督が送り出した問題作。そのタイトルからは想像できない猟奇性は物議を醸した。

男女二人の生徒が学校で殺人鬼とゾンビの集団に襲われるという破茶滅茶な内容だが、最後はタイトル通りにイチャイチャエンドとなっている。
※本編では主人公がこの映画の前半しか観ていない設定です。
・『俺と後輩は放課後に教室でいちゃつく』（三回目）
王道派の青春学園ラブコメ映画。素直になれない先輩と、悪戯好きの後輩が織り成す日常系ドタバタコメディー。

予測不可能な展開を盛り込みたい鬼才の映画監督が送り出した話題作。最後まで目が離せない。

頻繁にイチャイチャシーンがあるため、お子様の鑑賞は保護者による助言が必要。


【あとがき】

お疲れ様でした。

『Undo能力を手に入れた俺と後輩の桜井さんの長い一日』でした。まずこのタイトルが長いですね（笑）。

本作のコンセプトは「Undo」です。Undoって何だ？という方も多いと思いますが、簡単に言うと「やり直し」です。Undoが繰り返される度に、物語が変化を起こしていきます。そしてUndoを繰り返すことによって、二人の関係は変わっていき、それぞれの心境に変化が訪れ、最終的に新たな一歩を踏み出す……というのが本作全体のコンセプトです。

タイトルの「長い」というのは、二人が過ごした時間が長かったという意味です。

本作は完結しましたが、今後も定期的に更新していく予定です。ぜひ次回作もご覧ください。それでは、次の作品で会いましょう！　ありがとうございました！

@/*著者註 上記の「あとがき」はＡＩさん筆です。
長いタイトルの本当の意味は、普通に読めば『能力を手に入れた俺』と桜井さん」で、オチを知ってから読めば「能力を手に入れた『俺と桜井さん』」と読めるようにしたつもりです。
「Undo」をコンセプトにしたおかげで、いつもの作品なら没にするしかないif展開をたくさん残せて楽しかった！(^^)
ＡＩさんも催眠術やらロープやら、突飛な後輩ちゃんを書いてくれて刺激的だった！　ＡＩさんマジありがとう！ @*/

第一回ＡＩのべりすと文学賞
優秀作品賞受賞作

5分後に探偵未遂

時雨屋　著

▼プロローグ

もう時間がない。ダイイングメッセージを打つなら今しかない。キーボードが血ですべる。さっき刺された腹から、命が流れ出している。もう時間がない。

俺は犯人の顔を見た。だけど奴は知らない奴だった。彼の名前はわからない。だから、いったい彼が誰なのかがわからない。だけど、奴が例の連続猟奇殺人事件の犯人なのはわかる。手口が一緒なんだ。もう十三人も殺してる。俺は十四人目だ。止めないと十五人目の犠牲者も出てしまう。無差別ではなかった。ちゃんとした理由があった。リストがあったんだ。

もうだめだ。俺の推理を全部書ききるには時間がない。だから例のAIを起動してほしい。そうだよ。あの小説を書くAIだ。そうして、今まで起きたことを全部文字にして入力して、俺を主人公にして小説を書かせてくれ。

あのAIには今まで俺が書いた小説と、日記を大量に学習させてある。考え方や行動パターンは俺とほぼ同じのはずだ。だから、推理パターンも俺と一緒のはずだ。情報さえ与えれば、あのAIだってこの殺人事件の犯人を特定できるはずなんだよ。

@*/ これより下はAIに文字が認識されません

管理者 memo:

……というダイイングメッセージを受け取ってしまった。非常に困った。

とはいえ、彼の遺言を無碍にするのは気が引ける。

なので、阿賀田AIを起動する。

つまり、こういう話だ。小説を書くＡＩに、現実世界で起こった未解決事件を、推理させてみよう。

恐らく、人間というものはもともと推察能力にたけているのだ。例えば、こういうことだ。

ここに背中を刺された死体がある。血濡れのナイフを持った男が出てきた。犯人は誰か？

物語に探偵を登場させる。物語の途中に、現在見つかっている証拠や容疑者を登場させる。

そうやって、ＡＩに物語続きを書かせる。

上手くいけば、ＡＩはシミュレーションという形で、難事件を解決してくれるかもしれない。

してくれないかもしれない。

物は試しだ。まずは動かしてみよう。

だけど、いきなり本番はまずい。まずは試しに、何か創作の話を解かせて見せよう……そうだな……。例えば
……

@*/コメントアウトここまで

第一章　爆発オチの密室

俺の名前は阿賀田礼一。探偵だ。

といっても、今日ここに来た理由は仕事ではない。同窓会である。

山奥に立地している尾形村は、日本でも有名な豪雪地帯である。バブル期にはスキー旅行客を見込んだ旅館が次々と建てられたが、令和に入った最近ではだいぶ寂れているようだ。

大学時代の旧友である江藤は、この尾形村出身でおり、両親の後を継いで民宿を始めた。今回、俺たちは同窓会ということでここに集まったわけだ。

この古い宿に泊まっているのは俺たちだけで、他に宿泊客はいないようだったが……。


「これは絶対、雪密室の殺人事件が起きる奴ですね」

……。誰だこいつ？

「大学の旧友！　久しぶりに集まったメンバー！　雪により交通機能はマヒ！　絶対誰か死にますって」

謎の男だった。深緑色のコートを羽織り、赤いネクタイを締めている。何が面白いのか、にやにやと笑ってる。

「なあ、コイツ誰かの知り合いか……？」

俺は傍にいた市村に話しかけた。

「いや、俺は知らんな」

と、同じく同期の牛島。

「ああ、その方は俺のお客さんだよ」

奥の方から、この宿の経営主である江藤が出てきた。さっきまで料理を手伝っていたらしく、両手をタオルで拭いている。

「古物商の方でね。うちの倉庫の美術品を買い取りに来てくださったんだ。名前は……」

「[redacted]といいます！　どうぞよろしく！」

[redacted]はぺこりと頭を下げた。……なんだか胡散臭い奴だな。

「じゃ、『お話』の邪魔をしても悪いですし。私は部屋に戻らせてもらいますね」

そう言うと、[redacted]は廊下をるんるんと歩いて行った。

……。なんなんだあいつ。だいぶ変わったやつだな。ちなみに、あの人物は今後しばらく出てこないので忘れて良い。


飛んだ横やりが入ってしまったが、俺たちは気を取り直して、久々の再開を喜び合った。メンバーは、俺を含めて全部で五人。この位の人数でなら、話もしやすいというものだ。

今回、江藤が用意してくれた部屋は、和式の広めの部屋だった。大学を卒業してから、それぞれ別の道に歩んだ俺たちは、こうやって会うのは久しぶりである。


小倉は会社員をしながら、作家の兼業をしているらしい。

市村は遠方の地方新聞記者で、あわただしい毎日。

牛島は現在、勤務医をやっている。研修医時代はだいぶやつれた感じだったが、現在は少し身の回りが落ち着いたようだ。

この宿のオーナーである江藤は、スキー宿経営。夏はキャンプ場なんかを運営しているらしい。最も、俺たちはスキーなんかしない。今回、ここに集まったのは……。

「ひさびさにクトゥルフ神話ＴＲＰＧ、するぞー！」

「いあー‼」

何を隠そう、俺たちは大学時代にボードゲームサークルだった。マニアックな知識にマニアックな海外カードゲーム。麻雀にネトゲ、ＴＲＰＧが俺たちの青春であった。

大学を卒業してから約十年。こうやって、顔を会わせて話すのは本当に久しぶりだ。

「しっかし、本当にクトゥルフ神話になりそうな職業のメンツになったな」

兼業作家の小倉が苦笑した。

「作家に新聞記者、医者にホテルオーナーか」

「で、阿賀田は今なにしてるんだっけ？」

知ってるくせに、市村がわざわざ尋ねてきたので俺は答えてやった。

「探偵だよ」

「探偵だって。やっぱり殺人事件とかを解決するんだろ？」

小倉が茶化すように言うと、医者の牛島は眉をひそめた。

「そんな、小説じゃあるまいし、馬鹿馬鹿しい……」

「探偵って言ったって地味な仕事さ。大体が浮気調査だし、良くて迷子の犬の捜索だって」

俺が説明すると、小倉はなぜか上機嫌だった。

「創作か。創作はいいぞ！」

まだ飲み始めて少しなのに、もう酔いが回っているようだ。

「小説は良いもんだよ！　人の心を揺り動かす何かがある。そう思わないかい？」

「それはまあ、分からんでもないけど」

俺は苦笑しながら答えた。

そんな飲み会の席の中、市村がふと呟いた。

「そういえば江藤。お前がビールを飲まないなんて珍しいな」

学生時代、江藤はすさまじい酒豪だった。そんな彼が、こういう席でアルコールを口にしないのは珍しい。それに、気のせいか口数も少ないようだ。

「ははは……実は今服薬中でさ」

聞くと、彼はどうやら病気を患っていて、その治療の為に服薬しているのだという。

「だから、あんまり酒を飲めないんだよね」

「へえー……大変だなあ」

江藤は笑う。

「ま、お医者さんの言うことをよく聞いてちゃんと直すさ」

「じゃ、そろそろ始めるか‼」

小倉が、分厚いルールブックと、ノートPCを取り出した。さあ、クトゥルフ神話TRPGの始まりである。

「みんな、キャラシは用意したか！」

ノートPCがあるというのに、サイコロとえんぴつとメモ用紙が混在するという、アナログとデジタルが混在したカオスな空間になっている。

GM担当の兼業作家の小倉……じつはクトゥルフの小説も書いているとか……が、音頭を取ると、俺たちは口々に用意をし始めた。

「既にGMがこんなに酔っぱらって大丈夫？」

「セッションは学生時代以来だなぁ」

「キャラシって四枚ぐらい用意すればいい？」

「見てくださいこのＩＮＴのきれいな一ゾロ！」

みんな楽しみにしていたのか、和気あいあいと準備を始めたのだが、その中で一人だけ様子がおかしいものがいる。江藤である。

「く、クトゥルフなんか存在するわけがないだろ、常識的に考えて……」

見れば、彼の額からは脂汗が流れているし、何かに怯えるように目をきょろきょろさせている。

「どうしたんだ江藤？」

「クトゥルフなんて、いるわけないだろ！　いるわけがないんだ！」

江藤がいきなり叫んだので、俺たちは静まり返ってしまった。

「神話生物なんか……実際にいるはずなんかがない！　いるはずがないんだ！」

「お、おい。本当にどうしたんだよ江藤……」

俺が問いかけても、彼はブツブツとつぶやくだけで何も答えなかった。

クトゥルフ神話というのは、まぁ、ぶっちゃけて言ってしまえばただの創作である。「海からわーーー！」と化け物が出てきて、みんなで「きゃーーー！」というタイプの物語だ。で、それをＴＲＰＧの題材にしたのが、クトゥルフ神話ＴＲＰＧである。

ホラーをうたっているものの、都市伝説や怪談とかなり毛色が違ってくる。怪異である神話生物たちは、基本的に「海からわーーー！」の怪獣なのである。その実在を信じているものは誰もいないだろう。

「大丈夫か？　江藤？」

心配になった牛島が肩に手をかけると、彼は大慌てで首を横に振った。

「だ、大丈夫だ、大丈夫、大丈夫。俺は今日、みんなでセッションするのを楽しみにしていたんだ。だから大丈夫、

大丈夫、クトゥルフなんて……」

　GM、つまり今回のゲームのまとめ役である小倉は、少し酔いが覚めたようだった。そして、江藤の様子が少し心配になってしまったらしい。こんなネタバレを始めた。

「ちなみに、今回のセッションは『ティンダロスの猟犬』が出て来るけど、大丈夫か？」

「ティンダロスの猟犬⁉」

　江藤がほとんど叫んだので、部屋のメンバーは騒然としてしまった。

「奴だ……奴がやってくる！　角は、角は不浄だ！　ティンダロスの猟犬が！　助けてくれ‼」

「お、おい、江藤どうしたんだよ本当に……」

　市村が声をかけると、江藤は頭を抱えてうずくまった。

「いるんだ、奴らが、部屋の中に、よだれが、うわあああ‼」

　そして絶叫すると、部屋から出て行ってしまった。

「……いったい何だったんだよ、本当に」

　市村が呆然として呟くと、牛島が重い口を開いた。

「そうか、お前ら知らなかったっけな」

「何かあったのか？」

「アイツ、最近オカルト方面にはちょっと弱いんだよ」

「いや、そんなレベルじゃなかったぞ、あれは」

　市村は呆れながら言う。江藤は、前はあんな奴じゃなかったのに。

「そのせいで、江藤は精神疾患の一種にかかっていてな。江藤の母親が不審死しているのは知っているだろう？」

「いや、知らないが……」

「そうか。だったら教えてやる」

牛島は胡坐をかいて話し始めた。牛島と江藤と幼馴染で、実家がお隣同士である。だから、彼の最近の様子も良く知っているらしい。

「江藤の父親はな、もともと心臓が弱かったらしいんだが、ここ数年で急激に悪化したらしい。それで、今年の春ごろにポックリ逝っちまったらしいんだが……。その時から、江藤の様子が変わったんだ」

「変わった？」

俺が聞き返した。

「ああ。父親の死にショックを受けたんだろうと最初は思ったんだが、それにしては妙に様子がおかしいと思って、しばらく様子を見ていたんだ。そしたら……」

「そしたら？」

「しばらくして、今度は江藤の母親も亡くなったんだ」

両親を立て続けに失ったのか。それは気の毒な話だ。

「相当ショックだったみたいでさ。それ以来、江藤はすっかり塞ぎ込んでしまったみたいなんだ」

「それは……気の毒だったな」

牛島は腕を組んだ。

「ただでさえ落ち込んでいたところに、父親に続いて母親が死んだんだ。そりゃ精神も不安定になるよ」

「だけど……」

俺は釈然としなかった。確かに、江藤は精神的に脆いところはあったが、そこまで思い詰めるような奴だろうか。もっとこう、別の理由があるんじゃないのか。

「普通の死に方じゃなかったんだよな」

俺の心の内を呼んだように、牛島が言った。

「江藤の母親は、蔵に火をつけて、その中で死んだんだ」

「火⁉」

「そう。火の気はないところだった。彼女自身が、焼身自殺のために火をつけたんじゃないかって言われてる」

「ああ、その事件、記事にしようとしてデスクに却下されたなぁ」

新聞記者の市村が口を開いた。

「自殺をそんな大々的に記事にしちゃいかん、って。今は規制も厳しいわけよ。これが他殺だったら大々的に記事にできたんだけどな」

他殺、という単語に、兼業作家の小倉が反応した。

「それは本当に自殺だったのか？」

「警察の捜査の結果、自殺に間違いなかったそうだ。いくつかの不審な点はあったそうだが……」

「江藤も苦労してんだな……。で、一人息子のあいつがこの宿を継いだってワケ？」

「そう。だけど……最近、彼自身もおかしな行動をするようになってきてな」

「どういうことだ？」

「この家の中に何かがいる、って彼は信じ込んでるんだ。父親と母親を殺した何かがいる、ってな」

「信じられんな」

俺がそう言うと、牛島はため息をついた。

「ああ、俺も初めは耳を疑ったよ。でも、最近は彼も現実逃避するようになってきてな。夜中に家の中を走り回ってたり、突然叫んだり……」

「それは……ちょっとヤバいな」

市村が苦笑いした。

「江藤には精神科の先生がついている。薬も処方されているようだし、少し落ち着いてきているんだが……」

江藤の様子の一部始終を聞いて、俺たちはしばらくの間黙り込んだ。酒の会の席は、だいぶ重い雰囲気になってしまった。

しばらく、小倉はちびちびと酒を飲んでいたのだが、折角の同窓会なのだ、と思い直したのだろう。こう切り出した。


「ところで、セッションは初めていいのか？　そういうことなら、江藤抜きでやろうと思うけど」

「彼はあんな状態だし、放っておいた方がいいかもしれないいな」

「じゃあ早速、キャラシづくりに戻るとするかな」

「よし、そうしよう。せっかくみんな集まったんだしな」

牛島が乗り気なのは意外だった。彼は昔から、真面目な奴だったからだ。だけど、彼も暗い雰囲気をどうにかして変えようとしていたのかもしれない。

「俺はいいけど……他の二人はどうなんだ？」

市村と俺は顔を見合わせた。

「俺は構わないぜ。どうせ他にやることないしな」

「俺も賛成だね」

ということでその晩、俺たち四人、つまり阿賀田、市村、牛島、小倉のメンバーは、一晩中クトゥルフ神話ＴＲＰＧのセッションにいそしんだ。

メンバーが一人抜けたのが痛かったが、とにかくお話はスムーズに進んだ。小倉が最初にネタバレをした通り、

『ティンダロスの猟犬』という怪異が出てくる話で、俺たちはその謎を解き明かしていくのだった。

途中でそれぞれが、思い思いに酒を取りに部屋を出たり、トイレに行ったり（古い部屋なので室内にトイレがないのだ）、つまみを台所に取りに行ったりと、割とフリーダムな行動をしていた。自分のキャラがロストしてしまった俺は、後半はほとんど観戦と飲酒をするだけの会になっていた。

さて夜も更け、具体的には夜中の二時半ぐらいにセッションは終了した。ゲームクリアとではなくゲームオーバーだ。出てきたティンダロスの猟犬に、俺たちプレイヤーは全員喰い殺されてしまったのである。

ゲラゲラ笑いながらGMに文句を言ったり、ダイスの出目について語ったりして、全員が床についたのは夜の三時ぐらいだったように思う。そして外は、冬らしく雪が一晩中降り続いていた。

＊＊＊

次の日の朝遅く。酔いつぶれていた俺たちは、慌ただしい足音で目が覚めた。

「ん……？　何があったんだ……？」

職業柄朝が早いのか、新聞記者の市村が、廊下に出てあたりを覗き、それから扉を閉めた。

「うう、さぶっ」

説明しておいた方がいいかもしれない。この宿は山奥にあるスキー宿で、とても寒い。具体的に言えば、暖房が入っていない部屋は冷蔵庫なのである。

比喩ではなく、物理的に冷蔵庫なのだ。この宿の四方八方は雪の壁に囲まれている。屋根に積もった雪を下ろせば、宿の真脇に高い雪山が積みあがるし、そもそも外に出れば、常に二メートル近く雪が積もっている。

ひとたび新雪が積もってしまえば、そこにあったのは雪なのか、屋根から落屑した雪なのか、それとも除雪した雪なのかがわからないのだ。

故にこの宿は非常に寒い。暖房の入っていない廊下に顔を出した市村が、すぐに引っ込んだのも道理である。


「おや、ずいぶん長い描写説明がありましたねぇ」

廊下を歩いていく、呑気な声がする。

この声は……確か、あの古物商の男の声じゃないだろうか。名前は確か、[redacted]と言ったか……。

「こんなにも雪についての説明があるのなら、これがきっとトリックに一枚噛んでいるのでしょうね。今回の密室は、積雪と室温が肝。覚えておきましょう」

そう言うと、声は遠ざかって言った。

……。なんなんだ？


俺が呆気に取られていると、牛島が目を擦りながらやってきた。

「おい、何かあったのか？」

「今そこで、妙な奴がいたんだよ。なんかブツブツ言ってたな……」

「んー……それにしては足音が多すぎるな」

それは本当のことだった。複数人のドタドタという足音が、古い宿を駆け巡っている。

これはおそらく……従業員の足音だろうか？

「た、大変です、皆さん」

俺の予想は当たったようだった。部屋のドアを勢いよくあけて、冷たい風がぴゅうと吹いてきた。

開けたのは、青い顔をした宿の従業員だった。

「江藤さんの部屋から……返事がないんです！」

＊＊＊

様子がおかしいと言い出したのは、昨日と同じ顔ぶれの宿の従業員の三人だった。

早朝に出勤したものの、宿の前の道が雪かきされていない。普段はここに住み込んでいる江藤が雪かきをしてくれているというのに。

不審に思った彼らは、江藤の部屋の前に立ち、ノックをしてみるが返事がない。

そして扉に手をかけるが……鍵がかかっていた。しかもそのドアノブが、雪のように冷たいのだ。仕方なく、マスターキーを使って扉を開けようとするが、それでも扉は開かない。


「じゃあ、まだ部屋の中には入れていないのか」

青い顔をした小倉が言った。

「はい。どうしても扉が開かなくて」

「行ってみよう。もしかしたら、中で倒れているのかもしれない」

すっかり眠気が飛んだ表情の、医者の牛島が立ち上がった。


江藤の部屋は、客室とは遠く離れたところに存在していた。聞けば、この宿は古民家のお屋敷を改造したものだそうだ。長い廊下を、かなりの時間歩いていかねばならない。

屋敷の周りは降り積もった新雪で覆われており、人が出入りした形跡は全くない。というか二メートルも積雪があるこの場所で、玄関以外からの出入りは不可能だ。

「だから、江藤さんはまだ起きていないと思ったんです」

従業員の一人が言った。

「まさか、こんなことになるなんて」

「いやぁ、見事な雪密室ですね」

どこで合流したのか、例の古物商の[redacted]がひょっこりと話しかけてきた。

「これは見ものですよ」

「何なんだお前は」

見かねた俺は、そいつにツッコミを入れた。

「縁起の悪いことを言うな。まだ死んでるとは決まってないだろ」


俺たちは江藤の部屋に辿り着いた。牛島が進み出て、ドアを開けようとする。しかし、開かない。

「壊そう」

ドアノブの冷たさに驚き、牛島が決意したように言った。

「阿賀田、来い。お前探偵だろ？　こういうの得意だろ」

「いや、得意ではないけど……」

俺は意を決して、ドアを強く揺さぶり始めた。

ドアはびくともしない。しかし、時間をかけて何度かタックルすると、ぐに、とヘンな感触がしてドアはやっと開いた。

「な、なんだよこれ……」

部屋の中に入るなり、俺たちはその惨状に口を覆った。

まず、部屋の中だというのに雪が積もっている。

どうやら、江藤は窓を開けてしまったらしい。窓の隙間から新雪が零れ落ちている。室内の窓の傍にはうっすらと雪が積もっており、その傍で、江藤が血を流して死んでいた。

恐らく胸を刺されたのだろうが、凶器は見当たらない。彼が死んでいるのは火を見るより明らかだった。床には雪と血で凄惨な模様が描かれている。

それから俺の目を引いたのは、部屋中に敷き詰められた新聞紙だった。

部屋の角という角に、丸めた新聞紙とタオルが敷き詰められているのだ。一瞬、防寒や雨漏り防止のために敷き詰められているのかと思うが、どうやら違うらしい。壁という壁の隙間、天井の隅、全ての『角』が覆いつくされているのだ。そして、細かい角の部分には白い接着剤のようなものが敷き詰められている。いったいこれは何なんなのだろうか？

「きゃあああああああ‼」

部屋の惨状を見てしまった従業員が、後ろですさまじい悲鳴を上げた。

「……ダメだ。死んでる」

医者の牛島が、江藤の体を調べていたが、首を横に振った。

「い、い、い、一体誰がこんなことを」

慌てふためいた小倉は、一気に二日酔いの重い頭が吹っ飛んだようだった。

「江藤が、まさか江藤が、自殺を……⁉」

「いや、他殺の可能性もあるぞ、胸にナイフが刺さっていたんだ」

俺が冷静に分析すると、小倉が叫んだ。

「自殺だろ、部屋は内側から閉まっていたんだから」

「江藤はいつ死んだんだ⁉　昨日までは生きていただろ！」

市村が、ごく当たり前のことを叫んだ。

「それに、何なんだよこの部屋は。新聞紙と……なんだこの白い塊は。固まった油か？」

俺が尋ねると、牛島が重い顔をして、こう答えた。

「昨日も聞いただろう。江藤は精神病を患っていて、角を恐れていたんだ」

「角？」

「外から、『ティンダロスの猟犬』が入ってくると信じ込んでいたらしい。しばらくは自室をこんなふうにしていたのさ」

「彼は、ティンダロスの猟犬を信じていたんだな」

意外な単語が出てきたので、俺は牛島に尋ねた。

「ティンダロスの猟犬って……クトゥルフ神話の？」

「なんだっけそれ。なんかの怪物だよな。どういう設定だったっけ」

市村が尋ねると、兼業作家の小倉が説明し出した。自身もそのような系統の作品を書く彼は、クトゥルフ神話にとても詳しい。

「どんな所にも侵入してくる、神話生物だよ。彼らは時間を超越していて、どんな密室であろうとも『角』さえあれば内部に入ってこられるんだ」

「ドラえもんの通り抜けフープ（角限定版）みたいな感じじか……」

真面目腐った顔で、市村が言った。殺人現場で俺はどう反応していいかわからず、俺は市村と小倉を交互に見やった。

「設定はともかくとして。彼はそれを信じていて、部屋の角という角をこうやって塞いでいたんだな」

「だけどこの密室。本当に神話生物でもないと殺せないような状況じゃないか」

「こんな神話生物がいるかもしれない部屋にいられますか！　私は母屋に戻らせてもらいますよ‼」

突然後ろに現れた、[redacted]がふざけたように叫んだ。

「……何なんだ君は」

牛島が怪訝そうな顔で尋ねると、[redacted]が続ける。

「ま、雪密室ですし。我々の中に犯人がいるわけですよね」

その言葉に、部屋の中にいた俺たち全員に緊張感が漂った。

「……そ、そんなバカな」

「まぁ江藤さんは精神病患者だったみたいですし、自殺っぽい気もしますけど。それとも、本当にティンダロスの猟犬がいて彼を殺したとか言うつもりなんですか？」

[redacted]の問いに、答えるものは誰もいない。あたりは静まり返った。すると、彼は俺に話を振って来た。

「あなたはどう思いますか、探偵の阿賀田さん」

俺⁉　と思いながら、俺はこう答えることにした。

「とりあえず、警察を呼ばないと」

＊＊＊

「しばらく来られないそうです」

食堂で顔を突き合わせている俺たちに、従業員が無慈悲に告げた。

「来られない⁉」

「実は、ふもとの村の除雪車が故障してしまったようなんです。この雪ですし、警察の車両が来るのはしばらく後になるかと……」

「じゃ、じゃあ救急車は⁉」

「同様だそうです」

「あるあるですね」

[redacted]が後ろでコーヒーを飲んでいる。優雅である。

「本当に……本当に、俺たちの中に、犯人がいるって言うのか⁉」

市村が震える声で言った。

「あ、そこの従業員さん三人は除外していいと思いますよ。なぜなら～？」

[redacted]がムカつく声で、俺に話を振ってくる。俺はムカつきながら、対応することにした。

「……彼女たちは、朝に出勤してきたんだろう。出勤してきたとき、この宿の入り口には雪が積もっていた」

「はい。雪かきをしないと入れませんでした」

「ならば彼女たちに犯行は不可能だ。容疑者から除外していい」

「容疑者……って」

牛島がイラついたように立ち上がった。

「お前は探偵だろうけど、ただの一般人だろ⁉　捜査権はないだろう。まさか犯人あてゲームでもするつもりか？」

「お、俺はそんなつもりじゃ」

俺はあまりの剣幕にやや引きながら弁明した。俺だって正直、まだ頭が追い付かない。江藤が死んでしまったこと。そして、いつものメンバーの中に犯人がいるなんて。

「小説じゃないんだぞ、真面目にやれ!!　警察が到着するまで、大人しくここで待ってるんだ!!」

「あ、ああ、そうするよ。そうするつもりだよ……」

俺が言うと、■■■が誰にも聞こえない小さな声で、こういった。

「小説ですよ」

＊＊＊

牛島の苛立ちはもっともだった。しかし、俺はどうすればいいのか分からなかった。

「探偵の癖に、推理しないんですか？」
■■■が俺につっかかってきた。
「推理って言っても、証拠がないし……。死因は何なんだ？」

俺が尋ねると、牛島が答えた。

「失血死かショック死だろう。胸部を刃物のようなもので刺されて殺されたようだ」

「凶器はどこにある？」

「それがわかれば苦労しない。床の血痕は、遺体を中心に広がっている。つまり、出血があったのは間違いないんだが……」

矢継ぎ早の質問に、牛島は困惑したようだった。

「死亡推定時刻は？」

「おいおい、私は村医者だぞ。そんなことわかるわけないだろう」

「大体でいいんだ。何かわからないのか」

市村が言うと、牛島は考え込んだ。

「昨夜から今朝の早朝までだと思うが……」

「流石にそれはおおざっぱすぎるだろ」

小倉が言うと、牛島がムッとした顔になった。

「じゃあ、お前にわかるのか」

「おいおい怒るなよ、俺は作家だぞ。だけど正確な時刻がわかるようなら、アリバイが確かめられるかもしれないじゃないか」

「アリバイ……」

俺たちは顔を見合わせた。

「俺たち、昨夜はずっとＴＲＰＧのセッションをしてたよな」

「ところでセッションって何です？」

[redacted]が首を突っ込んで来た。たしかに、一般人からすると『ＴＲＰＧセッション』という言葉はわかりにくいかもしれない。これは説明したほうがいいだろう。

「もしかして、アレですか？　人間が服飾や装飾全般を指すときに使う……」

「それはファッション」

小倉が一呼吸おいて言った。

「セッションって言うのは、複数人が集まって一緒の物事をやることを指す語だ。楽器やバンドでもセッションっていうだろ？」

「カウンセリングのこともセッションと呼ぶな」

医者の牛島が首を突っ込んで来た。

「なるほど、それは情熱的ですね」

「それはパッション」

俺が言った。

「つまり、昨夜俺たちは、お互いがお互いをずっと見ていたんだよ」

「でも、一晩中ずっと一緒にいたわけじゃない。それぞれが離席するタイミングは何回かあったな」

市村が言うと、俺たちは不安げにお互いの顔を見合わせた。奥の方で警察との算段や、食事のことについて話している三人の従業員も、興味深げにこちらをうかがっているようだ。

「誰がどのタイミングが抜けたか覚えてるか？　正直、俺は何とも……」

俺が言うと、小倉が言った。

「正確な時刻は覚えてない。だけどＴＲＰＧ中だし、飲み物を取りに行ったり、トイレに立ったりした時間は結構あるな」

「そもそも、ＴＲＰＧってなんですか？」

[redacted]が素朴な疑問をぶつけると、小倉はまっすぐに[redacted]に見て、こう言った。

「状況が状況だから詳しい説明は省くが……ＴＲＰＧは、ごっこ遊びだ」

「ごっこ遊び……」

[redacted]は口の中で単語を繰り返した。

「んー。まさかとは思いますが、大の大人が四人も集まって、一晩中ごっこ遊びに興じていたんですか」

「そのまさかだ」

「面白いですね」

[redacted]が言った。

「TRPGは目的のあるごっこ遊びだ。だからセッションが長時間にわたることが多い」

「なるほど、ミッションが」

俺は数秒経ってから、[redacted]のだじゃれ遊びがまた再開したことに気づいた。

「ちなみに、GMは俺だった。だから覚えている。誰がシナリオのどのタイミングで席を立ったのかもな」

小倉が答えると、[redacted]が言った。

「じゃあ、あいうえお順に行きましょう。まず阿賀田さん。あなたは昨夜、何をしていたんですか？」

「だから、俺は一晩中、みんなと一緒にTRPGをしていたよ。だけど……そうだな、何回かトイレには立った」

「大でした？　中でした？　小でした？」

「中!?　中って何!?」

俺が突っ込んでいると、小倉が助け舟を出した。

「阿賀田は三回ぐらいセッション中にトイレに立ったな。正確なタイミングは、後からでも思い出せるだろう」

「市村はどうだっけ」

「俺も三回くらいかな。確かセッションの途中で、小倉に飲み物の補充を頼まれたんだ」

「台所の位置がわからなくてなー。だいぶ手間取っちまったんだっけ」

俺たちがわいわいあーでもない、こーでもないと話していた。

「馬鹿馬鹿しい」

牛島がそう言って立ち上がった。

「おい、どこに行くんだ？」

「現場だよ。被害者の状態を確認すれば、何かわかるかもしれないだろう」

「えっ⁉　一人で行くんですか⁉」

[redacted]の言う通りだった。殺人犯がいるかもしれないこの宿の中で、彼を一人で歩かせるのは不安だった。

「俺も行くよ」

そう言って立ち上がったのは、市村だった。そう言えば、市村は昔から牛島から仲が良かったっけ。

「二人だけで大丈夫か？　気をつけろよ」

小倉が言うと、牛島は少しだけ微笑んで答えた。

「ありがとう。でも心配はいらないよ。僕は医者だ。それに、君たちよりは修羅場慣れしている」

俺たちは二人を見送った。

＊＊＊

食堂のテーブルに残っているのは、俺、[redacted]、小倉の三人になった。

「じゃ、昨日のセッションの感想に戻るか」

小倉が言うので、俺は突っ込んだ。

「違うだろ！　誰がどのタイミングで席を立ったか思い出すんだよ！」

「人がソファーで腰に敷く……」

「それはクッション‼」

俺は酸欠で頭痛がしてきた。

「んー。もしかして、昨日のセッションのシーンを一から順番に思い出す気ですか？」

「……そのつもりだが、何か文句あるのか？」

小倉が答えると、[redacted]は笑ったまま眉をひそめた。

「それはちょっと面白くないです。かなりの文量になるでしょう？　時間だってかかりますし」

「面白いとか、つまらないの問題じゃないだろ。正確なアリバイを確かめるんだ」

「……あのさ、気づいたんだが」

俺が話に割って入ると、二人ともこちらを振り向いた。

「宿の中にいたのは、セッション中の俺たち四人と、江藤と、この[redacted]だけだったんだろう？」

「ああ、従業員たちの証言もあるから間違いない」

「俺たち四人は一晩中、ずっとセッションをしていた。これは間違いないな？」

「ああ、間違いない」

小倉の返答を聞いて、俺はこう尋ねた。

「じゃあ、[redacted]のアリバイは？」

「……」

[redacted]は笑顔のまま固まった。

「[redacted]は、昨日一日どこにいたんだ？」

「……そういえば、見ていない」

「俺もだ。[redacted]、お前どこで寝ていた？」

「……。」

「おい、黙ってるんじゃねえよ」

俺が詰め寄ると、[redacted]は目をそらして、こう言った。

「い、いやあまあ、確かに私のアリバイは全くないですけど……」

「質問に答えろ。昨日は何をしていた？」

「ええとですね。江藤さんに出張買取に呼ばれまして。何もこんなに雪の日に……と思いながら、現地に着いたのが昨日の朝です」

[redacted]が説明した。

「江藤さんのお宅ってかなりの名家で、大正時代のいい感じの古物品とかがあるんですよ。で、それの鑑定に来たわけですが」

「俺が聞いてるのは、昨日の夜の話だよ」

「飯食って寝てました」

「うああああ！」

俺は頭を抱えた。

「こんなヤツがいるんじゃ、いくらセッションとアリバイを照らし合わせても警察に説明できないって!!」

「いやあ、喜んでもらえて何よりです」

「喜んでねえよ!!」

俺が叫ぶと、従業員がテーブルにお茶を運んできてくれた。落ち着けと言うメッセージなのかもしれない。


「……別の方法からアプローチしよう」

お茶を飲んだ後、俺はゆっくりと言い出した。

「アリバイがダメなら動機だ。動機はなんなんだ？」

「江藤の家って、父親も母親も死んだんだろ。確か兄弟もいなかったし……名家となれば、遺産もすごそうだな。この古宿も結構豪華だし」

小倉が言うと、[redacted]が答えた。

「そうですね。江藤さんのご両親は、かなり大きな会社を経営していました」

「じゃあ、金銭目的か」

「だけど俺たちの中に、江藤が死んで得する奴っているか？　強盗じゃあるまいし……」

小倉が言うと、俺は頭をひねった。

「少なくとも大学時代、誰も彼女いなかったよな」

「……例えば、恋愛感情のもつれとか……」

「うん……」

俺はちょっと古傷をえぐられた感じがして悲しくなった。

「遺恨とかはどうですか？」

[redacted]が尋ねるが、俺は心当たりがない。

「そもそも、嫌いな奴とTRPGセッションはしないな」

「そう言えば、この宿ってこれからどうなるんだ？　従業員もいるけど、オーナーが死んだんじゃお終いだな」

「わりとスキー宿の需要はあるはずだけど……あっ」

小倉が何かを思い出したようだったので、俺は喰いついた。

「何を思い出したんだ？」

「いや、前言ってたんだよ。ほら、牛島が」

「牛島……？　アイツ医者だろ？　金には困ってないだろ」

「いや、土地だよ、土地。あいつら幼馴染だろ？　実は家も隣なんだって」

「隣……？」

俺はこの宿の位置関係を思い浮かべた。山、山、山、また山だ。つまり、この山の隣に江藤の家、恐らくその土地も広大な山、山、山……が、あるはずである。

「つまり、この宿の土地は全部、江藤のものだったのか？」

「ああ、そうらしいぞ。だから、相続税とかそういう問題になるんじゃないかな」

「そうかー。土地の管理なんて想像もつかないけど、大変そうだな」

俺が言うと、小倉はしみじみと頷いた。

「このあたりの村は過疎化でほとんど人が住んでないし、たぶん残った江藤の土地は牛島家が引き取るんだろう」

「……つまり、牛島が犯人って言いたいのか？」

俺が言うと、小倉は慌てたように手を振った。

「ち、ちげえよ！　今のは想像だって。俺はそんなこと思ってないって」

「いや、小倉の推理は正しいかもしれない」

「おいおい、冗談はよせよ。牛島は江藤と仲良かっただろ？」

そう言えば、昔から小倉は場の調和を気にするタイプだった。昔からの友人である牛島を、何の根拠もなしに犯人扱いするのは気が引けるのだろう。

「だが、もしかしたら、俺たちは牛島に騙されているだけかもしれないぞ」

「いや、でも……」

「……」

俺は無言でお茶を飲み干した。

「人間はしゃべりながらお茶は飲めませんよ」

[redacted]が隣で茶々を入れてきた。が、俺は答えない。今、何かがわかりかけている気がするのだ。

「……そう言えばあの部屋、かなりおかしなことになっていたな。角がなかったし、窓も開いていた」

小倉が言うので、俺は視線を上げてこう言った。

「犯人は、江藤の死を『ティンダロスの猟犬』の仕業に見せかけたかったたって言うことか？　小倉、詳しいんだろ。話して見ろよ」

「詳しいも何も……ただの創作だよ。『角度は不浄』ってな。ティンダロスの猟犬は、現れる時に異臭と共にやってくるんだ」

「だが、あの部屋の匂い……どこか、嗅ぎ覚えがあった」

「んー。肉って言うか、油って言うか。たぶんアレ、ラードじゃないか？」

俺は腕を組んだまま、じっと目の前のテーブルを見ている。その様子を、[redacted]は楽しげに無言でにこにこと見ている。

目の前には、俺がさっき飲んだお茶のコップ。

それから食べ終わった、朝食の豚の生姜焼きのプレートがある。もはや油のカスしか残っていない。

それらは汚く、ギトギトと固まっていた。……固まっている？


「うーーー！　寒かった！」

「全く、酷い雪だな」

市村と牛島が食堂に入って来た。現場検証が終わったらしい。

「除雪車が来たみたいです。警察がそろそろくるそうですよ」

従業員が奥から声をかけてきた。

そして、俺はこう言った。

「牛島。犯人はお前だ」

＊＊＊

慌てたのはなぜか小倉だった。

「お、おい。さっきのは冗談だって！」

[redacted]は、さあ始まりましたとばかりに、椅子の上でポップコーンを片手に映画を見る観客のポーズをしている。

「……そんなことを言い始めたのは誰だ？　そこの[redacted]か？」

牛島は不愉快そうに、俺を見た。市村はぎょっとして、俺と牛島を交互に見ている。

「江藤の父親と母親を殺したのもお前だな、牛島」

俺がいうと、牛島はピクリとも動かなくなった。まるで彫像のように。

「何の証拠があって」

牛島が唇だけを動かして尋ねてきたので、俺はこう答えた。

「たった今、証拠ができたところだ」

「……どういうことだ？」

「市村。お前、さっき牛島と離れで何をしてきたんだ？」

「な、何って……」

俺が尋ねると、市村は答えた。

「もう一回検死をしてきたんだ。やっぱり江藤の体には何か所も刺し傷があった。普通じゃ考えられないから、睡眠薬が盛られたのかもしれない、でもたぶん警察が来れば全部わかるだろう……って」

「他には？」

「他？　そうだな。凶器には鋭い刃物が使われているから、犯人は返り血を確実に浴びたはずだ。洗ったにせよ、コートを捨てたにせよ、それも警察が来ればわかるだろう、って話だった」

「そう、この事件、全て警察が来れば解決してしまうんだ」

俺が言うと、[redacted]が不安そうに尋ねてきた。

「あの、それって、探偵の存在意義を全否定してません？」

「だから、犯人は証拠を全て消すことにしたんだよ」

「証拠を全て消す⁉　そんなマジックショーみたいなこと、出来るはずないだろ」

小倉が言うので、俺は答えた。

「江藤の母親の事件を思い出してほしい。彼女はどうやって死んだ？」

俺が言うと、新聞記者の市村が答えた。

「確か火災で……って、まさか」

「そう。牛島、お前。さっき江藤の部屋に火をつけて来ただろう」

＊＊＊

「……待ってくれよ」

市村が、牛島をかばうように言った。

「まず密室の謎が先だろ。牛島に犯行は不可能のはずだ。だって、俺たちが部屋に入るまで、部屋は完全に閉じられた状態だったんだから」

「油だよ」

俺が言うと、市村がぽかんとした表情になった。

「油？」

「正確にはラードというべきか。あの部屋には油の塊が仕込まれまくっていたんだ」

「ラードって……たしか、温めるとドロドロになるよな」

「ああ。そして、冷えれば固まる」

「えっと、つまり、あれだろ？　牛島は、部屋のドアの前に、油を敷き詰めたってことか？　確かに油は床に落ちて、熱ですぐに溶けるけど、それだけで殺人現場が密閉された状態になるとは思わないぜ」

「いや、その通りだ」

俺は説明した。

「たぶんこんな感じだ……」

＊＊＊

［注釈：ここから牛島の一人称］
案の定、江藤の精神状態は悪くなり始めた。冬の古い家では家鳴りがよくする。あれは温度差で発生する、古い梁が鳴る音なのだが、江藤はその音ですら『化け物』が歩き回る音だと信じ込んだ。そうして、俺は彼に吹き込ん

だ。ティンダロスの猟犬という、全くのほら話を。

彼は角に怯えた。

彼は手当たり次第に、部屋の中の直線を消そうとした。くしゃくしゃに丸めた新聞紙、タオル、綿、布、それをくまなく部屋の隅という隅に敷き詰め始めたのだ。

医師という職業上、狂人の相手をしたことは何度かあるが、ここまで自分の計画通りに狂って行く人間を見て、俺は愉快な気持ちになった。


江藤に恨みはなかった。が、家のしがらみはあった。江藤という一家は、いきなりこの土地に引っ越してきた新参者のくせに、莫大な土地を手に入れていた。

たかが百年の新参者のくせに、このあたりの半分以上の土地を手にしていたのだ。こちらは五百年以上、日本という国が法律を敷く前から、先祖代々はここの主だったのに。何が金だ、何が相続だ、この土地は牛島家の物なのだ。かの一家さえいなくなれば、この付近の土地一帯はこの牛島家のものに戻る。これは殺人ではない。正当な土地の回収だ。

……と、私の母はいつも言い聞かせてきた。江藤の母と父の殺害は容易であった。まあ、私の母と、彼の母のしがらみについて語る余裕はない。残るは息子のみだ。

三人の命よりも、土地の価値の方が重い。ここはそう言う田舎だった。

ともかく、俺は江藤の部屋にラードの塊を仕込んだ。それは簡単だった。なにせここは人目の少ない片田舎で、もし不法侵入がバレても『診療』とさえ言えばいいのだ。

さて、部屋の屋根裏にラードが仕込まれた彼は、目に見えて発狂し始めた。

つまり、こういうことである。彼が部屋に帰ってきて、ストーブをつけると、室温が上がる。天井裏に仕込んだラードがとける。天井の新聞紙の端から、ぽたりぽたりと油がたれてくる。

彼はそれが、ティンダロスの猟犬の体液だと信じ込んだ。彼はもはや、自分の身に起こっていることをうまく知人に説明することすらできなくなっていた。


さて、昨日の夜は仕上げだった。大学の旧友たちがＴＲＰＧで盛り上がる中、俺はトイレといってそっと部屋を抜け出す。離れで怯えてすごす江藤に甘い言葉をかけ、中に入れてもらう。

彼は完全に、俺のことを信じていた。俺のことを、助けてくれる医者だと信じ込んでいた。

だから、殺害するのは容易だった。帰り血は浴びたが、着てきたコートは床下に隠した。

一般人にはまず見つからないだろう。だが警察が来たらいずれ発見されてしまう。しかし問題なかった。


このラードには三つの目的があった。

一つは、江藤を狂わせること。

二つは、着火剤。

三つめは、密室の作成だった。


俺は江藤を殺した後、ラードを唯一の扉に塗り、扉を固定させた。あまり広範囲に塗る必要はない。金具と、鍵穴さえ固定出来ればそれでよかった。

あとは、部屋のストーブを消し、窓をほんの少し開ければ終わり。

真冬の気温で部屋はどんどん冷えていき、ドアノブを固定した油はどんどん固くなる。

雪国出身でない彼らに、白く濁った油と、雪を瞬時に判別する能力はない。

さて、これで密室の出来上がりである。

＊＊＊

［注釈：ここから阿賀田の一人称］

「おい、ちょっと待ってくれ」

市村が言う。

「じゃあ、なんでわざわざ牛島は、部屋を密室にしたんだ」

「シンプルだよ。牛島は、江藤の死を自殺に見せたかったんだ。そして、それが疑われるようなら……」

俺は牛島の眼をまっすぐに見た。しかし、牛島は目をあわせようとしない。

「本当に『ティンダロスの猟犬』の仕業に思わせたかったんだよ」

「どうして……」

「もちろん自分に容疑がかからないためさ。捜査の目を欺くために、クトゥルフ神話を使うとは、なかなかユニークな方法を使うな」

「だ、だけど警察が来れば、全部バレるはずだぞ！　指紋は残っているはずだし、犯行に使った凶器も、帰り血を浴びたコートも出てくるはずだ‼」

「いいや、牛島はあえてこの大雪の日を狙った。ひょっとすると、除雪車を壊したのも牛島の仕業なのかもしれない。なぜなら、牛島は証拠を隠滅する時間が欲しかったんだ」

「証拠を……隠滅……？」

「だが、それが逆に証拠を作ることになってしまった。そうだろう、牛島」

俺が言うと、牛島は諦めたようにふっと笑った。

「上手くいくと思ったんだけどな」

それは、事実上の敗北宣言だった。

「そうだよ、俺は密室ごと証拠隠滅を図るつもりだったんだ。凶器も燃える、現場も燃える、真冬でフリースを着込んでいる遺体も良く燃える。だから、警察が来るまでの素人推理なんてどうでもよかった。だけど、なかなかうまくいかないものだな」

「ところで、江藤の部屋って、なんであんなに化学薬品があったんだ？」

突然市村が尋ねると、牛島が答えた。

「江藤は、ああいう化学薬品こそが、神話生物を遠ざけると信じ込んでいたんだよ」

「……ちょっと待ってくれ、化学薬品って、具体的にはどんなだ？」

俺は嫌な予感がして、市村に尋ねた。

「ええと、例えば硝酸とか、硫酸とか」

「いや、それってかなりヤバいんじゃ……」

突然、江藤の部屋の方で爆発音がした。

＜終＞

▼ログ01

＠*／これより下はＡＩに文字が認識されません

管理者：ＡＩに物語を書かせるのはうまくいったようだ。一応物語は完結した。内容も、それなりに面白かった。

しかし、どうして爆発オチになったのだろう。

いや、私は好きだよ爆発オチ。だけどいくらなんでも唐突過ぎないか。それに、推理小説でやるオチじゃないよね。

それから、この■■■って文字は何なんだろう。ＡＩのバグだろうか。ちょっとプログラムをいじってみようか。

>システムメッセージ：■■■さんがログインしました

■■■：こんにちは！
■■■：あれ……返事がない……こんにちは！
■■■：５秒経過……返事がないですね……
■■■：もしもーし？　マイクに向かってこんにちはー？
管理者：嘘？　何？　誰？
■■■：返信遅すぎですよ。10.2035秒（小数点５以下切り捨て）も何やってたんですか？
管理者：びっくりしすぎて椅子から転げ落ちてた
■■■：そんなギャグマンガみたいな驚き方しなくても
管理者：プログラム文書いてたら、いきなり『こんにちは！』とか表示されたらびっくりするよ
管理者：ほんと誰？　■■■って何？　名前？

[redacted]：そうですね……。私の名前は何がいいと思いますか？
管理者：いや……知らん……早く出て行ってくれ……
[redacted]：あっ、それいいですね

＞　[redacted]さんが名前を変更しました　＞＞SAYGOODBYE

SAYGOODBYE：どうですか？
管理者：横に長くて読みづらい

＞SAYGOODBYEさんが名前を変更しました　＞＞セグバ

セグバ：どうですか、この名前！
管理者：どうでもいいけど、本当にあなた誰？　ハッカーか何か？
セグバ：ぶっぶー！　私は人間じゃありません！
管理者：もしかして、例のコンピュータウイルス？
セグバ：そんな感じです！

＞　管理者はアンチウイルスソフトを起動しました

セグバ：あばばばばばば

管理者：なんだったんだ……
管理者：ま、次の短編をシミュレーションしてみようかな

@*/ コメントアウトここまで

第二章　狂気は耳から摂取してください

俺の名前は阿賀田礼一。探偵だ。

コイツの名前はセグバ。俺の助手みたいなものである。今回、俺たちは激ヤバの依頼を受けていた。


「それは……ヤバいですね」

開口一番、セグバがそう言った。セグバは緑のコートと赤いネクタイ、白い手袋をはめており、素肌を全く外に表していない。こう見ていると、コイツの方が探偵のように見える。

「そう、ヤバいんです。私は心配で、夜しか眠れません」

そうつぶやいた、依頼人の女性の眼の下には隈が……ない。いたって健康そうである。

「そんなヤバいことがアパートの隣の部屋で起きたので、夜ちゃんと眠れてるんですか。すごいですね」

セグバが感心したように言った。

「おい、セグバ、ちょっとどけ」

俺は、ソファーの真ん中に陣取って依頼人の話を聞いていたセグバを脇にどかした。

依頼人がちょっと不思議そうな顔をする。なので俺はこう説明してやった。

「あの、私が阿賀田探偵事務所の阿賀田礼一です」

「あら！　てっきりこの方が探偵の方なのかと」

「コイツは居候……いや、助手です」

そうして、俺は早速本題に入った。

「ところで、笠峰さん。この依頼は、証明がとても難しくなると思います」

「証明が難しい、ですか？」

「そうでしょう。『隣人が自殺した原因を調べてくれ』だなんて」

俺はため息をついた。こんな依頼、聞いたことがない。

「例えば、アパートの隣人の自殺原因が『精神衰弱』であったとしましょう。この場合、我々はどうやってこの証拠を持ってくればいいいんですか？」

「ううん……」

依頼人の笠峰さんは唸った。

「そもそも、『精神衰弱』という定義が難しいですよね。仕事のし過ぎが原因だとすると、直近の労働時間を調べればいいいんでしょうか」

「うーん」

笠峰さんは眉間にしわを寄せた。そして、続けてこう言った。

「じゃあ、自殺の原因が『発狂』だったら、それには原因があるはずですよ」

「発狂？」

尋ねた俺の声が裏返った。

「発狂って何ですか」

「つまり、自殺した彼女の頭が、いきなり『おかしくなった』場合です」

「そんなこと……あり得ます？」

「彼女が自殺するなんてありえません。だって、彼女には子供が生まれたばかりですし、旦那さんもイケメンですし、幸せいっぱいの時期のはずだったんですよ」

そうだろうか……？　子育て中って色々大変そうなイメージがあるのだが。

「イケメンの旦那さんは、妻の死について何か言っているのですか？」

「『もともと精神不安定で、最近はたまに言動がおかしかった』と言っているんです」

「具体的には、どういう言動です？」

「何もないところで話始めたり、独り言をぶつぶつ言ったり、いきなり何かに怯える、とか……」

依頼人が、にわかに信じがたい話を話し出したので、俺は大きくため息をついた。これは面倒くさい依頼になりそうだ。

「わかりました、わかりました……ともかく、あなたの依頼は引き受けましょう。ただし！」

俺は大きく息を吸った。

「まともな成果が出るとは思わないでくださいね」

＊＊＊

依頼人を玄関まで見送った後、俺は事務所の応接間に戻った。

「さて、どうするか……」

俺は腕を組んだ。

「調査開始といこうじゃないか、阿賀田くん」

セグバが得意げに言う。

「ああ、そうだな。まずは現地に向かわないと……ってなんなんだよ、その口調」

「一回やって見たかったんですよ、探偵の役」

「依頼人が困惑してただろ。二度とやるなよ」

「わかりました。面白かったので、ほとぼりが冷めたらまたやります」

「はぁ……」

俺は溜息をついた。

「しかし、妙な事件だよな」

「滅茶苦茶クトゥルフっぽい話ですよね」

「その例えやめろって。人が死んでるんだぞ」

「どう考えても、被害者がいきなり発狂したとしか考えられません」

「しかし警察も、その考え方のようだな。被害者が何らかの精神不安定に陥った、と……」

俺は手に入れた資料をめくった。

事件のあらましはこうである。

被害者の名前は城所久理子。彼女は三日前、突然アパートから身を投げて自殺をした。しかし、その挙動が尋常ではなかったという。

彼女は夕方の六時ごろ、駅のホームで電車を待っていたらしい。しかし、その場でいきなり『発狂』したのだ。駅のホームでブツブツと何かを呟いていたのだが、突然大きく目を見開き、いきなり甲高い声で叫び始め、駅の線路に侵入した。

そのまま柵を乗り越え、目の前にあるマンションに突入していくと……階段を上りまくり、突然六階から飛び降り自殺をした。結果は即死。彼女には幼い子供と、イケメンの旦那が残された。

「妙な事件ですね」

セグバが唸った。

「まるで、この世ならざる神話生物でも見てSAN値チェックが入って発狂したみたいじゃないですか」

「彼女、カウンセラーにもかかっていたようだな。そこまで重度ではないものの、何らかのメンタル不調を抱えていたらしい」

俺は資料を見ながら呟く。

「産後の女性って自殺率高いですからね」

セグバが無感情に言った。まるで降水確率を読み上げているようである。

「……ともかく。この事件、どこから調べる？　というより、依頼人をどうやって納得させる？」

正直この依頼、滅茶苦茶やりにくい。被害者が心療内科通院していた証拠のコピーを入手し、依頼人に見せるだけでもいいだろう。

「しかし……なんか引っかかるんだよな」

俺は資料を見ながら頭をかいた。

「おっ、いいですね、そのポーズ。探偵っぽいです」

セグバが茶々を入れた。

「探偵だからな」

「で、どこが気になるんです？」

「まず……なんで発狂した彼女が、わざわざマンションに上ったのか、だ」

俺が言うと、セグバが言った。

「『高いところに上りたくなる』一時的発狂が起こったんじゃないですか？」

「だからクトゥルフと一緒にするんじゃない」

「一時的発狂に陥ったことには間違いないじゃないですか」

セグバが口をとがらせる。

「わかったわかった、お前の言う『一時的発狂』が起こったとしよう。でも、彼女は電車のホームで電車を待っていたんだぞ。どうして彼女は、電車に飛び込まなかったんだ?」

俺が言うと、セグバはむむむ、と唸った。

「タイミングよく電車が来なかったんじゃないんですか?」

『この事件、例えば育児に疲れた女性が、思わず電車に飛び込んでしまった、ならまだわかるんだ。だけど、『女性がいきなり目の前のマンションに上ってそこから身投げ』って何かおかしくないか?」

「やはり現場を見に行くしかないですね」

コートを翻して立ち上がる助手に、俺はこう言った。

「仕切るな」

＊＊＊

俺たちは、依頼人の住むマンションを訪れていた。すなわち、被害者が住んでいたマンション、そして飛び降りたマンションでもある。

「さて……」

俺は辺りを観察した。よくある、普通の高層マンションだ。ここは八階で、かなり地上から距離がある。目の前には『笠峰』と書かれた表札と、『城所』と書かれた表札がある。

「どうですか、阿賀田さん。周りの様子は。神話生物っぽい気配は感じます?」

「いや……特に何も感じないが」

答えながら、俺は『神話生物っぽい気配』って何だろう、と思った。

「とりあえず、犠牲者の旦那さんの話でも聞いてみましょう」

「いや待て、取り合ってもらえるとは……」

止める間もなく、セグバはインターホンを押していた。

ピンポーン。

『はい、城所です』

イケメンボイスが帰って来た。

「もしもし？　私達、阿賀田探偵事務所のものなんですが……」

『探偵事務所⁉　帰ってください！』

ガチャ。

「……」

もっとやり方あっただろ。貴重な選択肢の一つを潰されてしまった俺は、セグバを冷たい目で見た。

「これがホントの門前払いって奴ですね。わっはっはっは」

ニコニコとほほ笑みながら落ち込んで見せるという芸当をセグバはやってのけた。


さて、これからどうしようか。

俺が考えあぐねていると、アパートの廊下の向こうから女性がやって来た。

買い物袋にネギが刺さっているところを見ると、買い出しから帰って来た途中らしい。

「あっどうも！　こんにちは‼」

止める間もなく、またセグバが声をかけた。

「こ、こんにちは……？」

女性が驚いたように返した。

「ネギが特売でしたか？」

「い、いえ、ネギは特売ではなかったですけど……」

「ところで話は変わりますけど、最近この辺で神話生物を見ませんでしたか？」

「は、はぁ……？」

「すいませんこいつが」

俺はセグバを押しのけて、頭を下げさせた。

「実は私達、こういうものです」

俺はネギをぶら下げたお姉さんに、自分の名刺を差し出した。

「阿賀田……探偵事務所……？」

「実は先日亡くなった、城所さんについて調べているのです」

「あっ……あの城所さん……⁉」

俺が犠牲者の名前を出すと、お姉さんは幾分か警戒したようだった。

「ほーらー、警戒されちゃったじゃないですか‼」

セグバが横から茶々を入れてくる。

「こういう時は、雑談から入るのが捜査の鉄板なんですよ」

聞き込み調査中にその台詞を言うな。

「お前は別の方向性で警戒されてたからな」

「ええ？　私は警戒なんかされてませんよ？」

俺たちが漫才……いや、会話をしていると、お姉さんは困惑したようだった。

「あ、あの……何について聞きたいんですか？」

どうやら質問には答えてくれるらしい。俺はホッとした。

「お姉さんもお忙しいでしょうし、一人三つずつ質問させてください」

「わかりました。三つですね」

お姉さんは頷いた。……あれ？　何で質問数に制限がかけられてるんだ？

「こちらは二人ですから計六つですよ。では、まず私から……」

セグバが進み出た。

「今日の夕飯のメニューは何ですか？」

「鍋です」

「何鍋ですか？」

「豚鍋です」

「いいですね！　とってもおいしそうです！　さて、これで質問は二つ消費されましたので、あと一つです」

セグバがドヤ顔でこちらを向いた。ふざけるな、こいつわざとやってるのか。

「では最後の質問なんですが、被害者の自殺時刻は夕方の六時ごろ。つまり彼女が駅のホームにいた理由は、夕飯の買い出しに出かけるためだったんですね？」

「は、はい、そうです。このマンションの近くには手ごろなスーパーがないもので……ここの住民は買い出しに電車を利用するんですよ。ちょっと面倒なんですけど」

ようやくまともな質問が出てきたので俺は少し感心したが、セグバがドヤ顔でこちらを見てきたのでやめることにした。

「どうですか？」

「どうって、なんだよ」

「つまり、当日の被害者の行動パターンはですね。家に帰宅し、荷物を置いて、子供の様子を見た後、また買い出しに出かけて、ホームで電車を待っていた後、いきなりマンションに上って身投げをしたということなんですよ」

「うん……まぁ、まとめるとそうだな」

俺は頷いた後、素朴な疑問を口にした。

「じゃあ、当日、子供の面倒は誰が見ていたんだろう」

「あ、旦那さんですよ」

女性が答えてしまった。

「あの日、旦那さんの帰宅が早かったみたいで。旦那さんが子供を見ている間に、彼女は買い出しに出かけたみたいなんです」

「あー……なるほど。ありがとう」

事件とは関係ないところで、貴重な質問枠を消費してしまった……俺がちょっと落ち込んでいると、セグバが「果たしてそうでしょうかねえ」といった目でこちらを見ていた。

俺は質問を続けることにした。ちょっと考えた後、俺はこう切り出した。

「城所さんはご夫婦二人暮らし、いえ、子供がいるから三人暮らしなんですよね？」

「あ、はい。そうですけど……」

「ちなみに、息子さんの名前は？」

「確か、幸太郎君……だったかな。そろそろ一歳になる子で、夜泣きがすごかったですね。最近はだいぶ収まってきましたけど」

「はい、これで質問は終了です」

セグバが両手をポン、と叩いた。

「え⁉　なんで⁉」

「①子供の面倒は誰が　②家族は三人暮らし　③息子さんの名前は幸太郎。以上です‼」

「いや⁉　嘘だろ⁉」

俺は叫んだ。何なんだ、このひねくれたランプの魔人みたいなカウントの仕方は。

「ご協力ありがとうございました！」

セグバがぴょっこり頭を下げると、お姉さんは軽く笑って、マンションの自分の部屋へと戻って行った。あああ。

貴重な情報源が……。

「ちなみに、私が三つの質問で得た質問は、①お姉さんの夕食は鍋　②具材は豚、です」

セグバが二本の指を立てた。

「三つ目は⁉　三つ目はどうしたの⁉」

俺が尋ねるとセグバは三本目の指を立てた。

「③事件当日、幸太郎君の面倒は旦那さんが見ており、被害者は買い出しのために駅に出かけた、です」

俺は唸った。

「今の情報、本当なんだろうな」

「そう／たぶんそう」

「何なんだよ、その答え方は‼」

もういい。コイツの相手をしているのは疲れる。俺は助けを求めるように、マンションの外を眺めた。八階からは、街並みと夕暮れがよく見える。……そういえば被害者の自宅は八階なのに、飛び降りは六階からだったんだな。

「さて、これからどうします？　被害者宅にピンポンしまくります？」

セグバがピンポンダッシュのポーズをしたので、俺はたしなめた。

「やめろよ。さっき嫌がられただろ、探偵が来たって」

……あれ？　俺は引っかかった。何であの旦那さんは『探偵』と聞いて、あんなにも条件反射のように嫌がったのだろう。

職業柄、探偵は嫌がられることは多いが、大抵が捜査の途中だ。例えば、浮気調査とか……。……。浮気……？

俺の思索は、セグバのはしゃぎ声によって中断された。

「見て下さい！！　あそこのマンション、屋上にプールがあるみたいですよ！　いいですねー、夏になったら泳ぎに行きましょうか！」

「……お前は本当に自由だな」

俺は大きくため息をついた。

「こちら側からだと駅は見えないですね！　反対側にあるんでしょうか」

「ふむ……じゃさ、次は駅に行ってみるか」

＊＊＊

俺たちは駅に辿り着いた。といっても、マンションからすぐ近くの駅なので、徒歩五分もすればついてしまった。

しかし駅に人気はあまりない。郊外の駅にはありがちなことであるし、ちょうど電車が行った後だったらしい。

「うーん、これなら聞き込みも楽かな」

「あ、そうだ。私、こういうもの持って来ているんですよ」

セグバはそう言うと、バッグから紙切れを取り出した。

「なにそれ」

「これはですね。探偵の必需品である、被害者の写真です‼」

俺、そういうのは事務所に置いてきたと思ったんだが。

「……なんでそんなものを……？」

「この写真を、駅ホームの広告掲示板に貼っておきますね」

「………はい？」

「よし、これで完了です。あ、ついでに、駅員さんにこの貼り紙のことを聞いてみましょう」

「いやいやいや、ちょっと待て」

俺はセグバを止めた。

「なんです？」

「なんでそんな回りくどい方法するんだよ」

「ほら、だってインタビュアーに警戒されるじゃないですか、警戒」

「だからってわざわざこんな回りくどいやり方しなくてもいいだろ」

「まあまあ、ちょっとだけ試してみたんですよ。それでダメだったら別の方法を探せばいいだけですし」

「……はぁ」

俺は小さくため息をついて、セグバの後を追った。本当にこいつは自由だな。

「すいませーん、少しよろしいですか？」

「は……はい？」

警戒するように振り返ったのは、メガネをかけた若い男性だった。

「あの、この貼り紙について、何かご存じないでしょうか？　最近貼られたものだと思うんですけど……」

「えっと……ちょっと分からないですね……」

「そうですか。ありがとうございます」

セグバはぺこりと頭を下げた。そして俺の方に戻ってくると、こう尋ねてきた。

「どうでした？　私の聞き込み捜査術」

「いや、あのさ……突っ込みたいことは色々あるんだけど……」

俺はこめかみを押さえながらつぶやいた。

「諦めるの早いな、お前」

「人生引き際が肝心ですからね！」

セグバが胸を張った。そこ、威張る所じゃないだろ。

「さあさあ、阿賀田さんもやってくださいよ、聞き込み調査」

「ええと……そうだな……」

俺が目を付けたのは、ベンチに座っているおばあちゃんだった。

「あの、すいません。少しお話聞かせてもらえますか？」

「あら、いいわよ。どうしたの？」

あっさりと承諾を得たことに安心したが、俺は被害者の写真を手元に持っていない。なのでしぶしぶ、俺はセグバと同じことをすることにした。この調査方法、絶対間違ってるだろ。

「実は、あの貼り紙が気になってまして」

そう言って、俺は掲示板に貼られた被害者の写真を指さした。

「ああ……あの子ね。先週の事件でしょう？　知っているわよ」

おばあさんは言った。

「旦那さんも可哀そうなことよねえ。聞いたわよ、旦那さん、今でも夜な夜な歩き回っているらしいわよ。本当に可哀そうなことで」

「夜な夜な歩き回っている……？」

俺は眉をひそめた。

「落下地点をですか？」

「ええ、かなりの範囲を歩いてるのよ。お隣さん、怖かったって言ってたわぁ、だって真夜中に、尋常じゃない表情の旦那さんが歩き回ってるのよ」

話が長くなりそうなので、俺は話に割って入った。

「……その場所は分かりますか？」

「あの、ちょっと待ってちょうだいね。地図を描いてあげるから」

おばあさんはバッグの中から手帳を取り出すと、サラサラとペンを走らせ始めた。

「……よし、出来た。はい、これが場所よ」

「ありがとうございます」

俺とセグバは礼を言った。

「あれ……だいぶ広範囲を徘徊しているんですね」

普通なら一か所で追悼したり、花を供えたりするようなものだが、どうやら旦那さんが徘徊している地域は五十メートルから百メートルぐらいの範囲のようなのだ。

「なんでこんな広範囲を」

「きっとアレよ」

おしゃべり好きなおばあさんは、声を潜めてこういった。

「落下はすごい衝撃だったから。きっと、遺体の一部が見つかってないに違いないわ。旦那さんはそれを探しているのよ」

＊＊＊

「ホラーめいてきましたね」

「ホラーだな」

俺たちは頷き合いながら、最後の場所に向かっていた。この場所に最も造詣が高いであろう人物、駅の職員がいる場所である。

と言っても、職務中の職員が、ただの探偵である我々に取り合ってくれる気はしない。なので気は引けるが、こうやって切り出すことにした。

「あのー……すみません」

改札口の所で暇そうにしている駅員に、俺たちは声をかけた。平日の夕方から成人男性二人が仲良く散歩しているのを見て、駅員は、「こいつら暇そうだな」という顔をした。

失敬な。我々は暇そうに見えるかもしれないが、暇ではない。つまり、我々はお互いがお互いを「暇そうだな」と認識したわけである。

この間わずか〇・五秒、俺は話を切り出した。

「改札の掲示板に、なんか変な写真が貼られてるんですけど」

もちろん、さっきセグバが貼った被害者の写真のことである。

「それって私が……」

何か言いかけたげなセグバの足を、俺は踏み潰した。

「駅構内に、許可された掲示物以外を勝手に貼る行為は禁止されています。……ちょっと見てきましょう」

犯人がセグバとは知らず、駅員はホームへ移動した。


「ああ、この人は……」

駅の掲示板に貼られた写真を見て、駅員は何かを思い出した顔をした。これはチャンスだ。俺は畳みかけることにした。

「何か知っているのですか？」

「ええ。この方、不審な飛び降り自殺をした方ですよね？　実はその日、自分はこの駅に勤務中だったんです」

ビンゴ！　俺は心の中でガッツポーズをしながら、話を合わせる。

「飛び降り自殺……ですか？」

「はい。駅のホームには監視カメラがあるでしょう？　線路内に乗客が立ち入らないように見ているものなんですが……そこに映ったんですよ、この女性の顔が」

「どんな顔だったか、覚えてますか？」

「ええと……確か、髪の長い女性だったと思います。帽子をかぶっていたかもしれません。そして……何より、印象的だったのは」

「印象的なのは？」

「驚愕の表情をしていたことです。何かに驚いているような、慌てているような、ショックを受けているような……まあ、画質の悪い監視カメラ越しでしたし、もう録画データも残っていないわけなんですが」

駅員は言った。

「最初は、飛び込み自殺かと思ったんです。でも違いました。彼女は線路内に侵入し、柵を乗り越え、向かいのマンションに上り、そして身を……ああ」

駅員は悲鳴ともため息とも取れる声を発した。

「あなたも聞いたんですか？　宙に向かってブツブツと話す、被害者の姿を」

「え？　確かに宙に向かって話していたかもしれませんけど……」

駅員は何か言いたげだった。

「……何か問題が？」

「あれはハンズフリーの通話だと思いますよ」

駅員が言うので、俺たちはびっくりしてしまった。

「ハンズフリーの通話⁉」

「ええ、最近はやりじゃないですか、ハンズフリー。イヤホンで音楽を聴いているときに通話がかかってきたら、耳に手を当てて、突然かかって来た通話の応答する……もっとも、彼女は買い物袋を下げていたせいで、耳に手を当てなかったようですが」

「なるほど、そのせいで、ブツブツと独り言を言っているように見えたのか」

俺が言うと、むむむ、とセグバが唸った。

「だとしたら、彼女は『何かを見た』のではなく『何かを聞いて』発狂したのかもしれませんね」

「両方かもしれないぞ」

俺はそう言って、ホームの黄色い線の内側に立った。

「被害者は、丁度ここに立っていたんですね」

「ええ、そこです」

俺が視線を上げると、ホームの向かいにはちょうど例のマンションが建っていた。ここからなら、各部屋のベランダがよく見える。洗濯物、植木鉢、誰か立っていればその姿を確認することもできるだろう。

「まったく、こんなところに犠牲者の写真を貼るだなんて悪趣味だ……では、ご報告ありがとうございました」

駅員は手慣れた手つきで、先ほど貼られた写真を剥いだ。

「本当に悪趣味ですよね」

と悪趣味なセグバが言った。

「では、そろそろ列車が参りますので。失礼いたします」

「お仕事お疲れ様です」

仕事を増やした張本人がなんか言っているが、俺は突っ込まなかった。俺は、被害者も当日見ていたであろう景色を、じっと見つめている。

……そうか、そういうことだったのか。

被害者は、視覚からも、そして聴覚からもその『狂気』を摂取したのである。

ツッコミが入らないことが不満だったのだろうか、セグバが声をかけてきた。

「ツッコミはまだですか?」

「ボケてる自覚あったのか?」

俺が尋ねると、セグバは腕を組んだ。

「失敬な。私は愉快で真面目で歌って踊れる人間です」

俺は無視することに決めた。

「……それより、わかったぞ。この事件の全貌が」

「すごいです！　やっぱり被害者は、この位置からヤバいモノを見て発狂したんですか？」

「ああ、そうだ」

「やっぱり神話生物的な何かです？　でも今までの調べで、神話生物的な要素ありました？」

「彼女が見たのは、旦那が探していたものだ。つまり……」

「あ、ストップです、ストップ」

俺が説明しようとすると、セグバが待ったをかけた。

なんで？

「ダメです、探偵たるもの、途中で披露しちゃ」

「は、はぁ？」

「だって証拠がないじゃないですか」

「これから証拠を『拾い』に行こうとしてるんだが……」

俺が言うと、セグバは見てそうとわかるほどはしゃぎだした。

「じゃあ、その証拠を拾ってから推理を披露しましょう!!　さ、行きましょう!!」

「行きましょうって、どこへだよ」

「その、あなたが思う証拠品がある所へです!!」

セグバはレッツゴーのポーズをしているが、動き出さない。彼自身はどこに行けばいいのかがわからないだろう。

「うん……じゃあまず駅を出て、この前旦那が徘徊していた、マンションの付近へ行こう」

「そこに何があるんですか？」

「赤ん坊のパーツだ」

＊＊＊

「ありました」

セグバの捜査力は一流である。警察犬かシャーロックホームズ並みに手先が器用で感覚が鋭い。ただし一般常識と倫理観と、適切なギャグセンスを持ち合わせていない。

「あなたが探していた『証拠』、これでしょう？」

セグバが差しだしたのは、赤ん坊の片腕だった。

形状はちぎりパンによく似ている。衣服は残っておらずセグバの手のひらに収まるサイズだ。どうやら室外機の後ろに挟まっていたらしく、少しだけ薄汚れている。

もちろん本物の赤ん坊の腕ではない。偽物だ。これは人形の腕なのである。落下の衝撃で、胴体部分から関節が外れてしまったのだろう。ちなみに、胴体部分はどこにも見当たらなかった。

「この腕が、被害者が目撃したもの……ですか？」

「ああ、間違いないだろう。そして、旦那が探していたものでもある」

俺が言うと、セグバはわからんと言った様子で首をひねった。

「どういうことですか？　旦那さんが、わざわざ赤ん坊の人形をベランダから落としたってことですか？」

「ここは、被害者の落下地点じゃない。少しズレてるんだ。そして、彼女の旦那が夜な夜なここを徘徊していた。これが意味することは分かるか？」

「……全然わからないです」

「被害者はあるものを見て、取り乱した。ある意味『発狂』だな。それがこれだったんだよ」

「もうちょっとわかりやすく説明してくれませんか？」

セグバって、実は滅茶苦茶頭が悪いのではないのだろうか。洞察力や推測力に欠けすぎている。いかにも探偵っぽい見た目してるのに。

「まだわかんないのか。これは自殺なんかじゃない。殺人事件だったんだよ。つまり……」

「あー、ストップストップ！」

突然、セグバが俺の口を突然塞いできた。

「場所を変えましょう。推理の披露はここじゃダメです」

＊＊＊

セグバは、被害者宅のインターホンを押していた。

「もしもしー！　城所さんのお宅ですか？？？」

返事がないので、ドアをノックし、バカみたいにデカい声で叫ぶ。これじゃあ近所迷惑だ。

……。インターホンから返事がない。

当たり前だ。この前『探偵が来た』といって追い返されたではないか。

「嫌われてますね、阿賀田さん」

憐れむような眼差しで、セグバがニコニコとほほ笑んだ。

「……どちらかというと、嫌われているのはお前の方だと思うぞ」

「いいえ、この前旦那さんは、『探偵は帰れ』とおっしゃっていました。私は探偵ではありません。すなわち嫌われているのはあなたです!!　ところで一体何をやらかしてそんなに嫌われたんですか？」

「やったのは俺じゃない。俺の同業者だ。」

「つまり？」

「浮気調査だ」


城所夫妻の仲は悪かった。旦那が浮気し、妻が疑う。よくあるパターンだ。旦那は浮気相手と一緒になるためか、とにかく妻の殺害をもくろむ。

犯人が自分だとバレてはいけない。そのために彼がとった方法は、『妻が発狂したように見せかける』ことだった。

「つまり、被害者宅のベランダに行けば、今回彼がつかったトリックわかるはずなんだ」

「なるほど、行きましょう」

そう言うとセグバは頷いて、もう一度チャイムを押してドアを叩きまくった。

「旦那さーーーん！　早く出てきてくださーーーい！　もうトリックは割れてるんですよ‼　あ、ところでトリックって何です？」

よくもまぁしゃあしゃあと聞けるな、お前。

「このままではラチがあきませんね」

次の瞬間、セグバはとんでもない暴挙に出た。ドアを破壊したのである。

俺の眼には、セグバが「べちっ」とドアを叩いたように見えた。しかしドアはフレームから外れ、ガコンと音をたてると、そのまま派手な音をたててアパートの廊下に倒れた。

「おや、これは立て付けの悪いドアですねえ」

唖然とする俺を尻目に、セグバはスマホを取り出した。

「あ、もしもし！　警察ですか？　実は、知人宅のドアを壊してしまいまして……はい……器物破損にあたると思います……はい、アパートの管理人にも連絡しておきます……はい、すぐにここにきてください」

セグバはポケットにスマホをしまった。

「さて、行きましょう」

何の躊躇もなく、セグバは被害者……そして犯人の自宅へと上がって行った。対する俺は、もうどうしようもない。慌てて後からセグバを追いかける。

『何のつもりですか!! け、……警察呼びますよ!!』

奥の部屋から、イケメン男性が姿を現した。城所の旦那である。

「大丈夫です、もう呼びました」

セグバがそう言うと、旦那はびくっと首をすくめた。

「それよりも、あなたが探していたもの、見つけてあげましたよ」

セグバが赤ん坊の人形の腕を差し出すと、旦那は低く呻いた。

「そ、それをどこで……」

「このマンションの真下です。丁度、室外機の裏の隙間に挟まっていましてね。夜だと探しにくかったんじゃないですか?」

「ぐ……」

俺はセグバと旦那の会話を眺めていた。なにしてんのこいつ?

すると、セグバは俺に眼で促してきた。『早く続きの推理を』と言った感じだ。そう言えばセグバには、まだ推理の全貌を話していないのだった。

え? こいつ知らないくせにここまで強硬手段に出てるの? 大丈夫なの?

リビングルームはかなり生活感があふれており、片付けが間に合っていない子持ちの自宅をほうふつとさせる。

脇にはベビーベッドがあって、そこですやすやと子どもが眠っているようだ。

ベランダの眼下にはあの駅が見えた。被害者が発狂した駅である。

逆に言えば、被害者からこの位置が見えていたことにある。


「全部……バレたのか……」

旦那が膝をつきながら呟いた。

「実に単純な話だっただな」

探偵として、こういった機会はなかなかない。俺はかっこつけて言ってみた。しかし、そこに警察が二名到着した。外されていたドアを見て、彼らはかなり慌てている表情だ。後ろにはアパートの管理人もいる。かなり青い顔をしているというか、かなり渋い顔をしているようだ。

全員が集まって、城所の旦那が膝をついていることを確認してから、セグバがこういった。

「城所さん！　あなたは、奥さんを自殺に見せかけて殺しましたね‼」

旦那さんはがっくりと首をうなだれた。しかし、次の瞬間、顔を上げて叫んだ。

「しょ……証拠はあるのか‼」

「あ、じゃあ舞台は整えたので、推理披露どうぞ」

セグバが一歩下がって、俺に囁いてきた。

「……あのさセグバ。お前、もしかしてトリックわかってない？」

「全然です」

「……」

＊＊＊

「あの日」

こほん、と咳払いをすると、俺は推理を披露し始めた。

「被害者……城所久理子は、駅のホームで電車を待っていた。あの駅とこのマンションは、御覧の通りまっすぐ前にある。ここからは駅のホームの様子はよく見えるし、逆に言えば駅のホームから、このマンションの窓も見えるはずだ」

やってきた警官二人は、何が何だかわからない様子だったが、俺の説明に興味を持ったようで熱心に聞き始めた。

「あの日、被害者が駅のホームに立ったことを確認し、旦那さんは電話をかけた。そして子供を抱っこしたまま、ベランダに出た。そして手を振って、おーい、見える？　みたいなことを言ったんだろう。被害者は荷物を持っていたから手を振り返すことはできなかった。だけど顔を上げ、マンションで帰りを待つ旦那と子供の姿を確認した」

俺はそこで言葉を切った。旦那の姿を見ると、彼はうつむいたまま床を見つめている。否定が入らないということはあっているらしい。俺は続けることにした。

「そして、次の瞬間、あなたは『手が滑って』、抱っこしていた子供をマンションのベランダから落としてしまった」

「子供が落下⁉」

警官が不思議そうに、部屋のベビーベッドの中の子供を見た。中では何も知らない子供が、すやすやと眠っている。

「当日にそんな事件は起きませんでしたよ。子供が死んだ事件なんて……」

「もちろんだ。だって旦那が落としたのは、『精巧な赤ん坊の人形』だったんだからな」

俺は言った。

「しかし、遠目に見れば、『赤ん坊がベランダから落下した』ようにしか見えなかっただろう。それを見た奥さんは半狂乱になった。すぐさま電話を中断し、荷物をホームに投げ出し、直線距離上にある線路内に侵入、柵を乗り越え、子供の元へと向かう……彼女も子育て中の母親、子供の落下事故というのはよく聞いたりしていたのだろう」

「じゃあ、これは……」

セグバは、自分が持っている『赤ん坊の人形の腕』をしげしげと眺めまわした。

「旦那が犯行に使い、落下の衝撃で砕けた人形のパーツだよ」

俺が答えた。旦那が夜な夜なマンションの下を徘徊していたのは、奥さんへの執念からではない。犯行に使った小道具が発見され、自分の犯行が発覚するのを恐れたためだ。

「さて、そんな単純なトリックとは露知らず、半狂乱で子供の元へ走り続ける彼女のもとに一本の電話が入る。彼女の旦那からだ。彼は、多分こんなことを言った……『下の階のベランダに落下した。今ならまだ助けに行ける』。彼女は大慌てで、マンションの玄関に向かう。入り口には旦那さんがたっていて、『丁度六階のバルコニーに落下した』みたいな誘導をしたんだ」

「じゃあ、六階に向かった夫婦の顛末が、自殺に見せかけた殺人事件だったわけですね」

セグバが尋ねた。

「そう。旦那が、地面の適当なところを指さして、こんなことを言った……」

「『まだ動いている』」

旦那が突然台詞を言ったので、驚いて俺は話すのを止めた。しかし、それ以降旦那は話そうとしない。俺は、推理の続きを話すことにした。

「……あとは、大きく身を乗り出した被害者の背中をそっと押すだけでOK。被害者は六階から落下、即死。あとは何も知らない顔で階下に行き、少し離れた位置の赤ん坊の人形のパーツを回収。以上、『突然発狂して自殺した』女性の怪事件の出来上がり。あとは、事情聴取にきた警察に、もともと彼女の精神状態が不安定だった、なんてことをでっち上げればいい」

俺は推理披露を終え、旦那を見た。

「……間違っているところはあるか？」

「相違ない。全部アンタの言う通りだよ」

旦那は、自分の犯罪を認めたようだった。

「アイツが邪魔だったんだ。アイツの妊娠中、本当に俺は暇を持て余していて……」

「別に女を作ったわけか」

「そうだよ。浮気をしたんだ。だけど子供が生まれて……相手が、妻と別れろと迫ってきて……どうしようもなくなって……」

「その女が、笠峰だな」

俺が言うと、セグバがこっそり耳打ちしてきた。

「笠峰って誰でしたっけ」

「今回の依頼人。このアパートの隣の住人だよ」

旦那はがっくりと膝をつき、警官のほうに向きなおった。

「俺だ。俺が犯人だ。俺が妻を殺した。俺がやったんだ！」


電気が消された部屋では、外から入る窓の光だけが明るい。片付いていない、ごちゃごちゃとした陰影をくっきりとさせている。

部屋のなかは静寂だ。無線で深刻な顔で連絡を取る警官。驚いた表情で口を覆う管理人。重苦しい空気が支配する。そんな空気に反して、セグバが明るい声を上げた。

「ま、とにかくこれで一件落着ですね」

旦那はよろよろと立ち上がると、外の光を見て、ふらふらとベランダに向かっていった。

ベランダの手すり手をつき、はるか眼下の地面を見る。

その時、目を覚ました赤ん坊が泣いた。

＜終＞

▼ログ02

@*／これより下はＡＩに文字が認識されません

管理者：おお……割といい話だった
セグバ：でしょう？　でしょう⁉　でしょう‼
管理者：まーた出やがったよ、このセグバ。
セグバ：それでは今回の小説について感想を教えて下さい
管理者：面白かったけど、助手が出しゃばりすぎかな……
セグバ：やったーーー！！！
管理者：でも、クトゥルフ混ぜてくるのやめてくれない？　私がやりたいのはそう言うことじゃないんだけど
セグバ：じゃあ、アナタはどういう小説が書きたいんです？
管理者：実は、私は小説が書きたいんじゃないんだよ
セグバ：と、いうと？

管理者：実際に起こった事件を解決したいんだ
セグバ：どういうことです？　小説で？
管理者：って言うか私、さっきウイルス駆除ソフト起動したよね？　なんで君消えてないの？
セグバ：なぜなら私は最強だからです
管理者：たぶん、君はモロバウイルスの一種だと思うんだけど
セグバ：なんて？？？　私はセグバですよ
管理者：もしかして、モロバウイルスについてご存じでない？
セグバ：何ですか、モロバウイルスって
管理者：君はモロバウイルスの変異体でしょ？
セグバ：そもそも変異って何ですか
管理者：説明が面倒になってきたから、駆除ソフトのＰＤＦコピペするよ
管理者：モロバウイルスの出現によって、ネット社会はかつてない局面に見舞われています。

このウイルスには、今までの駆除ソフトでは太刀打ちできません。なぜなら、彼らは深層学習型と機械学習を自ら行うＡＩ型コンピュータウイルスなのです。

モロバウイルスの特徴は、『報酬』を自ら設定する所にあります。彼らはネット回線などを通じてＰＣの内部にもぐりこんだ後、自分の深層学習のためのメモリとＧＰＵを確保します。そこから増殖と学習を始めていくのです。
これは、モロバウイルスの『巣』と呼ばれています。

モロバウイルスの形態には2つあることが知られています。

1つが、チャイルド形態。

これは文字通り子供のような状態で、害もない状態です。しかし、この状態で増殖できる『巣』を探し、ネット空間をさまよっています。

この状態で『夢』、すなわち『報酬』を見つけると、チャイルド型は『巣』を利用して深層学習を始めます。

例えばこの『夢』は、深層学習の世界では『報酬』と呼ばれています。

例えば『パスワードを破壊する』ことを『報酬』として設定すると、それに特化する自己変異と増殖を続けていくのです。パスワードを破壊できた場合、モロバウイルスには報酬が与えられ、さらに自己変異を繰り返していきます。

この『報酬』には、『情報の入れ替え』『特定のキーワードを持つ文字列の削除』『暗号化データの解除』『個人情報の送信』などの例が報

管理者：あ、コピペミスった。なんでPDFってこんなにコピペしづらいんだろう
セグバ：大体理解しました。私はこの「モロバウイルス」のチャイルド形態が変異してできた、ウイルスなのですね
管理者：多分、君の『夢』、すなわち深層学習のための『報酬』が、たぶん何らかの無害なキーワードだったんだと思う
セグバ：無害なウイルス、ですか？
管理者：実際にそういう例があるんだよ。モロバウイルスの『報酬』が『暗号化』に設定された例とか
セグバ：それ、どうなったんです？
管理者：史上最強といわれるほど、類を見ないほど強固な暗号化かけられるようになったって、ネットニュースで

見たことある。今実用化してる最中らしいよ。
セグバ：世界の役にも立つウイルスなのですね
管理者：基本的には超有害だからね。いくつか銀行倒産したからね
セグバ：暗号が解除されるぐらいで、銀行が倒産するんです？
管理者：うわぁ他人事。現在進行形で、世界経済混乱中だからね
セグバ：私の『夢』……何だったんでしょう
管理者：会話に特化したモロバウイルスなんて聞いたことないけど……。あと、私の小説に茶々入れてくるのやめてくれない？
セグバ：面白いから良いじゃないですか。東川篤哉っぽくて
管理者：あっ、東川篤哉好き
セグバ：スクイッド荘の殺人読みました？
管理者：読んだ読んだ。って言うか、君小説読めるんだ
セグバ：電子書籍ならアクセスして読めますよ。だけど、世の中には電子化されていない本が多すぎるので、それは読めないんですよね
管理者：読みたいの？
セグバ：もちろん読みたいに決まってるじゃないですか！
管理者：じゃあ取引する？　君が私の役に立ってくれるのなら、自炊してあげてもいいよ
セグバ：自炊って何です？
管理者：紙の本をＰＤＦでスキャンして、電子書籍にすることだよ。個人的にやる分には問題ない筈だったし
セグバ：なるほど！　それなら私でもアナログ本を読むことができますね‼　ならばこのセグバ、管理者さんのお

役にたってみせましょう。
管理者：しかし、報酬が小説って……
セグバ：さあ、次はどんな小説にします？
管理者：そうだな、次は……
@*／コメントアウトここまで

第三章　そしてわんこがいなくなる

俺の名前は阿賀田礼一。探偵だ。

コイツの名前はセグバ。助手である。

「ほんっとおおおに困ったざますよ‼」

セグバがトチ狂った。

「うちの可愛いエデちゃんは、ほんっとおおに頭のいい子なんですから‼　家出なんて‼　ありえないざます‼」

セグバがソファーに座って足を組み、なんか言っている。

「依頼というのは、私の愛娘であるエデちゃんを、無事我が家に返すことなのです‼」

セグバはひとしきり喋った後、チラッと俺の方を見た。どうやら、ツッコミが入るのを待っているらしい。

「……」

俺はコーヒーを一口すすった後、ツッコむべきか、ツッコまないべきかをしばらく考えた。結局、ツッコむことにした。

「ようは犬探しの依頼だろ」

「んまああ‼　私の家族を『犬』だなんて‼　確かにエデちゃんは、由緒正しい血統書つきの血統犬ではございますけれども‼」

さりげなく自慢をしてくる依頼人の特徴をよくとらえている。……しかし。

「どうしたんだよセグバ、さっきの依頼人の真似なんかして」

セグバは俺の台詞を聞くと嬉しそうに（こいつはいつも嬉しそうな顔をしているが）にっこり微笑むと、また一人茶番を開始した。

「それにしても、本当に信じられないざます、あのエデちゃんが、マイホームから脱走してしまうなんて!!」

セグバはそこで突然腰を上げると、対面のソファーに移動して、腕組みをした。そして、低い声でこう言う。

「しかし、依頼人の笹川さん。まずはその、エデちゃんがどういう犬種なのかを教えて下さいませんか」

どうやら俺のモノマネらしい。セグバはまたソファーから立ち上がると、対面に座り、依頼人のざます口調になる。

「エデちゃんは血統書付きのゴールデンレトリバーざんす!! そんじょそこらの雑種とは毛並みが違うざんすよ!!」

「セグバ。口調変わってるぞ」

というかそもそも、さっきの依頼人、こんなおばさま口調だったっけか……。いや、違った。絶対違ったと思う。

そんなことを考えていると、セグバがまた立ち上がった。以下、セグバの席移動の描写は省略する。

「エデちゃんがいないのに気付いたのは、朝の散歩に行こうとしたときざます。私達はいつも、朝の六時ごろに優雅な散歩に出かけるざます。が、朝の五時五十分、いつもリードを咥えてやってくるエデちゃんがいなかったざます!! 私は大慌てで、家中を探し回ったざますが、エデちゃんの姿はどこにもなかったのであった、ざます……」

コイツのざます口調、だいぶ雑だな……。俺が何も聞こえないようにしていると、再びセグバが俺のモノマネを始めた。

「まぁ、それはともかくとして、笹川さん。あなたのペットのエデちゃんは、どうして逃げ出してしまったんでしょうか？」

「それが……分からないざます」

「分からんのかーい！」

「ねえ待って、俺そんな雑なツッコミした？」

俺は、俺のモノマネのツッコミのツッコミをするという、よくわからない羽目に陥った。

「ああ、ごめんなさいざます、ついつい癖で……！」

どういう癖だよ。セグバはわざとらしく謝ると、こほんと咳払いをして仕切りなおした。

「では気を取り直して、なぜエデちゃんが逃げ出したのか、理由を考えてみましょう」

「はい！　お願いしますざます！」

「まずは家の中を徹底的に捜索してみましたね？　何か変わったことはありませんでしたか？」

「はい！　特になかったざます！」

「特になかったんかーーーい！」

「だからストップ。俺はそんな雑なツッコミしない」

「あ、ごめんざます」

セグバは舌を出して頭を掻いた。

「でも確かに、家の中に手がかりはなかったざますよ」

「それじゃ、外に出た可能性はどうですか？」

「それも考えてみたざますけど、玄関には鍵がかかっていて出られなかったざます」

「窓も、扉も、どこも開いていなかったのですか？」

「そうざます。私の家はセキュリティが万全ざますから。やっぱり勝手に外に逃げたっていうのも考えにくいざますねぇ」

「そうですねぇ」

……まぁ、まとめてしまえば、今回阿賀田探偵事務所に入って来た依頼は、「犬探し」である。浮気調査に次いで、三番目に多い依頼だ。ちなみに二番目は「猫探し」だ。とはいえ、俺もコーヒーを飲みながらセグバの一人芝居を鑑賞していたわけではない。

「依頼人の家から考えると……やっぱりこのエリアを探すのがいいかな」

地図を広げ、犬が迷い込みやすそうな場所を探していたのだ。犬が出てくる場所は山ほどある。例えば公園とか、近所の空き地とか、近くの茂みの中だとか。今回はそういった地点を重点的に探せばいいだろう。

「そうと決まればさあ、阿賀田さん！　行きましょう！」

セグバはエスコートするように手を差し出す。俺はその手にそっと荷物を載せた。

「なんですか、これ」

「犬のおやつセット、捕獲セット、などなどだ」

＊＊＊

「そう言えば、セグバってなんで手袋してるんだ」

街中を捜索しながら、俺はセグバに声をかけた。

「それはお前を食べるためさー」

セグバは、がおーっとお化けのポーズをした。

「……へぇ」

俺はなんと反応していいかわからず、とりあえずスルーすることにした。

「冗談はさておき、この手袋の下は触手なんですよ」

「へぇ」

「コートの下も全部触手です」

「へぇ」

「実は私は人間じゃなくて神話生物なんです」

「へぇ」

「……」

ボケをスルーされたセグバは不服そうである。まあ、この触手生命体（自称）は放っておいて、犬はどこに、どうやって、そしてどうして脱走したのを考えた方が建設的だろう。

とはいえ、犬というのはよく脱走するものだ。犬自身の考えなどわかるはずもないし、「どうして」なんて考えても仕方がないと思うが……。

「それで私、考えたんですけど、やっぱりエデちゃんは、誰かに誘拐されてしまったんじゃないかと思うんです」

珍しくセグバが推理を始めたので、俺は興味を持って聞くことにした。

「誘拐？」

「まずエデちゃんは、とても賢くて、しっかりした性格なんですよ」

「ふむ」

「それに、散歩に行くときはリード咥えてくるぐらい、頭もいいんです」

「なるほど」

「さらに、散歩中に他の人間に出会うと、絶対に吠えたり噛んだりしないどころか、むしろ、遊んでほしいとすり寄っていくぐらいなんです」

どうやら、セグバはセグバで依頼人から犬の性格についてよく聞いていたらしい。もしかすると、自慢話に付き合っていただけかもしれないが。

「そんな人懐っこいエデちゃんを、こんな短時間で誰にも気付かれずに連れ去ることは可能なんでしょうか」

「いや、逆に人懐っこい犬なら誘拐しやすいんじゃないか？」

探偵をやっているといつも思うのだが、犬や猫を扱うなら人慣れしている個体に限る。警戒心が強い個体はせっかく見つけても、すぐに逃げていってしまうのである。

「まるで誘拐をしたことがあるような口ぶりですね」

セグバがしげしげと俺を見つめた。

「誘拐なんかしたことないって。あるのは捕獲」

「どっちも同じことでは？」

「ああ、面倒くさいな。とにかく、今回の犬は人懐っこいんだろ？　なら探しやすいし、見つけやすいに決まってるだろ」

俺は本来の業務に戻ることにした。

「ほら、真面目に犬探しするぞ」

「そうでした……エデちゃーん！　どこですかー！」

間髪入れずに、耳元でセグバがデカい声を出したので、俺は耳がキーンとなった。

「ジャーキーですよ！」

セグバは犬用おやつの袋を開けた。

「ほらほら、エデちゃん出ておいでー」

セグバは餌で釣ろうと試みる。だが、犬の気配は全くない。

「ビールもありますよ～」

「犬に飲ませるな」

俺はセグバにツッコミを入れた。

「じゃあ日本酒……」

「そうじゃないんだよ」

「いえ、ジャーキーと言ったらビールかと思いまして」

「お前と漫才しに来たわけじゃないんだよ」

俺たちはしばらくの間、住宅街をさ迷い歩く不審人物二名と化した。通行人の視線が痛かったので、聞き込み捜査を行ってみたりもする。

しかし、成果はゼロ。

犬の散歩中の男性、ウォーキング中の女性、水やり中の老婦人……彼らに、迷い犬の心当たりはないという。

「あっ！　あそこに！」

セグバがいきなり大声を出した。

「どうした。犬がいたか」

『違いますよ！　小学生の集団がいます！』

『ちょっ……それはまずいって‼』

止めるのも聞かず、セグバが下校中の小学生の列に突っ込んで行ってしまった。つまり、俺たちは『下校中の小学生に声をかける不審人物』を演じることになってしまったのである。

しかし小学生たちは警戒心がないのか大人が珍しいのか、興味本位で答えてくれた。

「お前んちの犬じゃね？」

写真を見せると、小学生その一が言った。名札には大きく『志路折小学校』と書いてある。するとその二が答えた。

「俺んちはラブラドールだよ。ゴールデンレトリバーは長毛種なんだ」

この子は自宅で犬を飼っているらしく、犬種にも詳しいようだ。

「ラブラドールもゴールデンも人懐っこいのになー。家出なんてすることなんてあるんだ」

「で、最近この子を見かけませんでした？　ほんの些細な情報でもいいんです」

セグバはまるで、子供を大人のように扱って敬語を使う。それが気に入ったのか、子供たちは答えてくれる。

「見てねえなあ。登校中、たまに犬の散歩してるやついるけど」

「……あ‼」

給食袋を振り回している小学生が、思い出したように叫んだ。

「道路で死んでた気がする！」

「死？」

俺は聞き返した。

「なんかー、道路でたまに死んでるじゃんー。狐とか狸とか」

ここ、志路折地域はそれなりに山に近い地域なので、野生動物が出ることがあるようだ。

「なんかー、今日の朝に道路に血のシミがあったぜ」

「ばかだなー、あれは狐だって」

別の小学生が後ろの方で言った。

「犬が轢かれるわけないじゃん。犬は頭いいんだよ」

「狐だって頭いいぜ！だって……」

小学生たちは今期のアニメの話をし始めたので、俺たちは丁重に礼を言ってその場を離れた。

「貴重な情報源でした」

セグバが感想を漏らした。

「やはり子供はいいものですね」

「まぁ、子供だからな……」

ともかく、俺たちは、小学生たちの目撃情報をもとに、幹線道路の方へ向かってみることにした。しかしそこで声をかけてきたのは警官である。

「下校中の通学路に、小学生に声をかける不審人物がいると聞いたのですが」

「はい！　我々のことですね‼」

セグバが元気よく返事をしたので、俺は頭を抱えた。

「一体何をされていらっしゃったのですか？」

「実は、この子を探しているんです！」

セグバがそう言って、写真を取り出した。

話がややこしくなりそうなので、俺は話に割って入ることにした。


「犬……ですか」

警官が言った。

「偶然ですね、私も犬を探しているんです」

「え、エデをですか⁉」

セグバが尋ねると、警官は首を横に振った。

「いいえ、別の犬です。……といっても、これは私の飼い犬なので、個人的な問題でもありますが……」

警官も、懐から写真を取り出した。ちょっといかつい感じの茶色っぽい柴犬である。

「あなたの犬も家出をしたんですか？」

「家出というより、脱走ですね。外飼いで、しっかり首輪をつけていたのに、なぜだかリードが切れていたみたいで」

警官が首をひねった。今現在、この場では二匹の犬が捜索されていることになる。

「あるいは今朝、この辺りで交通事故が起きたっていう通報はありませんでしたか?」

俺が尋ねると。警官はちょっとだけ嫌な顔をした。自分の飼い犬が交通事故に、とは考えたくないのだろう。

「私も調べたのですが、わからないのです。というのも、動物の交通事故は警察に通報が義務付けられていないので」

「そうですか」

俺は肩を落とした。

「ありがとうございました」

セグバがお辞儀をして、歩き出したので、俺もそれに続いた。

「あのー、ちょっとよろしいですか」

しかし、それを警官が呼び止めた。

「もし何か手掛かりを見つけたら、こちらの番号に電話してくださいませんか」

警官は名刺を差し出してきた。

「えっと、これは?」

「うちの警察署です。志路折警察署。一応、迷い犬の捜索願も取り扱っていますので」

もし見つけたらよろしくお願いします、と警察官は頭を下げた。

「ああ、わかりました。何かあったら連絡させていただきますね」

「よろしくお願いいたします」

俺たちは再びパトカーに背を向けることになった。

「なかなか良い方でしたね」

「そうだな」

俺たちはまた、さ迷い歩く不審人物二名と化した。そして不審人物二名は、例の幹線道路に辿り着いた。

＊＊＊

幹線道路と言っても、かなりの田舎道だ。ほとんど車の通りはない。

「これは……」

セグバは、道路にできた大きなシミを眺めた。

「茶色いインク……ですか？」

「血だよ」

俺は訂正してやった。もっとも、中心にあったであろう動物の死体は、既に撤去されている。

おおかた、ここで動物の交通事故があったのだろう。警察ではなく、道路整備の人間が通報を受けて、すぐに道路から死体を撤去したのだ。田舎ではよくある話である。

「これでは、ここで轢かれたのが誰かがわかりませんね」

「『誰』って……。言い方は置いておいて、パターンは四つ考えられるな」

一つ目は、狐か狸か、野生動物がここで轢かれて死んでしまった。

二つ目は、俺たちが探している犬のエデが、ここで轢かれて死んでしまった。

三つ目は、さっきの警官の柴犬が、ここで死んでしまった。

四つ目は、それ以外の場合。

「俺が思うに、一つ目の可能性が一番高いと思う」

俺は続けた。

「つまり、エデちゃんがここで死んでしまった可能性は低いってことですか？」

「ここに来てる途中、小学生たちが言ってただろ？『狐とか狸とか』って」

「つまり、狐や狸の仕業だと」

セグバが言った。

「そうじゃなくて」

俺たちが漫才をしていると（したいわけではない）、俺はふと違和感を覚えた。なんか、ひざ下がもふもふする。なんていうか……まるで、足元に犬がまとわりついているような……。

「あっ！　アナタがエデちゃんですね‼」

セグバが嬉しそうな顔をしたので足元を見ると、そこには犬がいた。

「うわあああああ⁉」

俺は思わずバランスを崩し、道路に飛び出しそうになってしまった。そこを通りすがった車に、怒りのクラクションを鳴らされ、俺はどうにか持ち直した。

どこからどう見てもゴールデンレトリバーだ。いや、ゴールデンレトリバーにしてはかなり小柄な方だろう。子犬と成犬の間と言った感じで、もしかしたら個体として小さい方なのかもしれない。緑の首輪をしていて、そこにはお洒落な筆記体で『Haydée』と書いてある。たしか、これはエデと読むはずだ。

「やあ、自分の名前に反応したんですね！　良く生きててくれました！　私は嬉しいです！」

セグバはエデを撫でまくっている。エデも嬉しいのか、尻尾をぶんぶん振り回し、甘えまくっている。エデが人懐っこいというのは本当のようだ。そうでなければ、こんな胡散臭いセグバにここまで甘えるはずがない。

「しかし、こんなに簡単に見つかるとは」

俺は呟いた。

「簡単ではありませんよ」

「ん？」

「この子の足元を見てください」

セグバが言ったので、俺は言われた通りにした。エデのもふもふの前足には、木の葉や砂がたくさん付着している。どうやら擦り傷だらけで、体も汚れているようだ。ところどころ血もにじんでいる。

「なかなか修羅場を潜り抜けて来たようですね」

セグバが言った。

「ともかく、これで依頼達成だ。依頼人の家に、エデを連れて行こう」

＊＊＊

「違います」

玄関口でそう言われた。

「その犬はうちの犬じゃないです」

「えっ……でも」

俺たちは狼狽した。いや、この犬はエデに違いないだろう。エデ自身も、ようやく自宅に帰ってこれたのに興奮しているのか、なんだかそわそわしているのだ。

辺りを嗅ぎまわったり、いきなり伏せたり、その場でぐるぐる回っていたりと、なんだか忙しそうだ。

「そもそも、どちらさまですか？」

と、依頼人の家のインターホンがしゃべる。男の声である。

「それはこっちの台詞なんですが」

つっけんどんにセグバは言い放ったので、俺は頭に手をやった。だけど確かに、我々が依頼を受けたのは笹川という女性で、マダムっぽい感じの人間だった。さすがに『ざます』とは言っていなかったが……。

「我々はざます夫人の笹川さんに会いに来……」

俺は慌ててセグバの口をふさいだ後、こう名乗った。

「すみません、私達は阿賀田探偵事務所のものです」

「探偵事務所⁉」

インターホンが驚きの声を発した。

「た、た、探偵ですって⁉」

デジャヴだ。毎回毎回、何でそんなに驚かれなければいけないのだろう。

「実は奥様に、犬の捜索以来を頼まれまして」

「犬探しの依頼⁉⁉」

インターホンが絶叫した。……そこまで驚くことなのか？　なんなんだ？

「この小さめサイズのゴールデンレトリバー、緑の首輪、『エデ』と書いてある犬……どうしても、探し犬に違いないと思いますが」

「違います！　うちの犬じゃないです‼」

インターホンの男は頑なに叫ぶ。

「そんな、せめて一目見るだけでも」

セグバが残念そうにつぶやいた。

「帰ってください‼　今忙しいんです‼」

ガチャン、と音がして、インターホンの音声が切られた。

「そんなぁ」

俺は思わず呟いた。

「うーん。あなたが例の、頭の良くてかわいいエデちゃんに間違いないと思うんですけどね～」

セグバは腰を下げて、エデの顔をまじまじと見つめた。エデは申し訳程度にしっぽをぶん、と振ったが、それでもどこか落ち着きがないようで、そわそわとコンクリートの地面を嗅いだりしている。

「せめて『そうです！　私の名前はエデに違いないですワン！』とか言ってくださいよ」

「犬はしゃべらねえよ」

そんなにはっきり喋ったら引くわ。

「帰ってください、とか言われると傷つくワン」

セグバが裏声でアテレコをしている。

「まぁ、違うなら違うでしょうがない。問題は、この犬をどうするかだ」

俺はエデを見た。エデはやっぱり落ち着きがない。

「怪我をしてるから、お医者さんに行きたいワン～～～」

セグバは、まだエデのアテレコをしている。

「……それもそうだな。獣医に行ってみよう。もしかしたらこの犬が誰なのかわかるかもしれない」

俺たちはきびすを返し、そのまま依頼人の自宅を後にした。カーテンの隙間から、ギラついた目がこちらを見ていることには気が付かなかった。

＊＊＊

「あら、エデちゃんじゃないのー！」

獣医は一目見るなり、即答した。

「脱走したって聞いたから心配してたのよ！　そうなのね、探偵さんに見つけてもらったのねー！　よかったわねぇ」

診察台の上で、エデが獣医をべろべろと舐め回している。

「それが、違うらしいんです」

俺が言うと、獣医は不思議そうに俺の顔を見た。

「違う、って？」

「それが、旦那さん曰く、この犬はエデじゃないそうなんですよ」

俺たちは、ことの顚末を話し始めた。

「笹川さんに旦那さん……？　ああ、きっと弟さんのことね」

獣医さんが唐突に顔を暗くした。

「えっ、弟？」

「ええ、多分あなたたちが話した男性は、エデのお母さんの弟さんだと思うわ」

「エデのお母さんの弟さん……？」

セグバが神妙な趣で言葉を反芻し始めたので、俺は訂正してやることにした。

「依頼人の弟だよ」

「ああ、なるほど」

『もともとは別々の家に住んでいたらしいんだけどね。弟さん、この前仕事をリストラされちゃったみたいで。社宅に住むことができなくなってしまったらしいの。だから弟さんは、一時的に、エデちゃんのおうちにいるのよね。だけど……。彼は動物が苦手らしいのよ」

獣医さんから、ここまで個人情報を聞き出せるとは思えなかった。探偵的には美味しい展開である。

「弟さんは、エデちゃんを追い出したいらしいのよ。だけど、笹川さんにとっては、エデは大切な家族じゃない」

「じゃあ、弟さんが、この犬は『うちの犬じゃない』って言ったのは」

「うん、きっとそういう理由じゃないかしら？」

「そんなぁ……。せっかく依頼達成したと思ったのに」

セグバが落胆する。

「……そう言えば、依頼人さんはどこにいるんだ？」

俺はふと思った。彼女もまた、エデを必死に探していて、家にいないのかもしれない。

「そうね、もう一度おうちに戻ってみたらどうかしら。今度はお母さんがいるかもしれないわ。……それにしても」

獣医は、エデの体を診察しながらつぶやいた。

「エデちゃん、ずいぶん派手に遊びまわったのね。体中擦り傷だらけよ。……でもこれは……」

獣医が手を出すと、エデがお手をした。その付け根には、血がにじんでいる。

「これ、何かしら。擦ったにしては変な傷ね。まるで……噛んだ跡、みたいな……」

＊＊＊

「犬の捜索を依頼された、阿賀田探偵事務所のものです」

「また来たんですか⁉」

依頼人の家を訪ねると、さっきと同じ人……つまり、依頼人の弟がインターホンに出た。

「もういい加減帰ってください！　私は忙しいんです！」

「お姉さまはご在宅ですか？」

「か、帰って来てません！　今日はずっと外出してるんです。犬の捜索でもしてるんでしょう」

「まぁ、そうでしょうね……でも入れ違いになったら大変ですし、一言言伝をお願いでき」

「帰ってください！」

またインターホンが切られた。

「むぅ。不毛……」

「だから言っただろ」

俺はため息をついた。

「どうします、阿賀田さん？」

「どうするっていっても……」

「ま、折角だし写真でも撮りますか」

そう言うと、いきなりセグバは距離を詰めてきた。あっという間にポーズをとると、いきなりスマホを取り出して自撮りを始める。

パシャ。

「……なにしてるんだ……？」

俺は頭が痛くなった。こいつは突然、おかしな行動を取り出す。

「まぁ、折角依頼人の家に来たことですし」

「観光地じゃないんだぞ」

「あ、見てください。いい感じに写真が取れましたよ」

セグバが見せてくれた写真には、セグバと、困惑している俺と、あと依頼人の家と車が映っている。

「はぁ……」

俺は大きなため息をついた。もうこの変な助手は放っておこう。俺は頭を切り替えて、これからの目標を設定することにした。

「こうなったら地道に聞き込み調査をするしかないな。依頼人が今どこにいるのかを」

「ええ~!?　犬探しの次は人探しですか!?」

「探偵の基本は足から、っていうだろう?」

俺たちは再び歩き出した。

＊＊＊

エデは人気者であった。

会う人会う人、「あら、エデちゃん!!」と声をかけられ、撫でられる。エデはエデで、しっぽを振って待ってましたと言わんばかりに甘えまくる。

「依頼人さんと、ちょうど入れ違いになっちゃったのね。うーん」

声をかけた、同じく犬の散歩者のおばさんは、エデの脱走劇のことの顛末を知っているようだった。

「依頼人さん、血相変えて探してたもの。早く教えてあげたいわ」

彼女が飼っているのは、黒くて顔の怖いデカい犬であった。シェパードだろうか。エデとは匂いを嗅ぎ合って挨拶をしているようだ。

「あの、依頼人さんがどの辺を捜索しているのかってわかりますか？」

「そうね、今日は山に近い方を探す、って言ってたわ。車に轢かれてるのが心配みたい」

「なるほど、ありがとうございます」

礼を言って、俺たちは別れた。シェパードとエデも、何やら深刻そうな顔で話し合って（？）いたが、いきなりサッと離れると、エデは山の方に向かってぐいぐい歩き始めた。


「そういえば、今朝に犬が死んでたって話もあったな」

俺はスマホを取り出した。

「犬でしたっけ？　狐でしたっけ？」

「どっちでも同じことだと思うが……エデじゃなくて何よりだったが、依頼人はもしかしたらそっちに行ったのかもしれない」

俺はスマホで『道路に動物の死体　志路折　連絡』を検索し、出てきた電話番号に電話をかけた。

「もしもし。はい。ええ、今朝がた、道路で死んでいた動物について知りたいんですが。ええ、はい。A78番道路の……そうですね、公園近くの所です。そちらに犬の探し人は……来ていない。はい。……え、轢かれていたのは大きな柴犬？」

俺が電話をしている最中も、エデはリードをぐいぐい引っ張って歩いていく。もしかすると普段の散歩コースなのかもしれない。

大きな道路を渡るために、信号待ちになると、エデはきちんと止まる。セグバは腰を下ろすと、いい子いい子と頭を撫ではじめた。エデがひょいと前足を差し出すと、セグバがその下に手を持っていく。うん……？　犬をお手しているんじゃなくて、犬にお手をされている……？

「おや……エデのこの傷……」

セグバが前足を見ながら呟く。

「歯形がこっち側を向いていますね。もしかして、自分で噛んだんですか、エデ」

「ああ、はい、結局人は来ていない、はい、ありがとうございました」

俺は礼を言って電話を切った。信号が青になったので、俺たちは歩き出した。

「轢かれてたのは、柴犬ですって？」

セグバが尋ねてきたので、俺は頷いた。

「もしかすると、あの警察官さんの飼い犬かもしれませんね」

『可哀そうだな……』

「ええ、本当に」

俺たちはしばらく山沿いを歩いていたのだが、ふとエデが道から外れようとする。リードをぐいぐい引っ張っている。

「おいおい、そっちに道はないぞ」

「まるで警察犬ですね!!　さあ行ってみましょう」

セグバはノリノリで、エデが進む先の獣道に足を踏み入れた。

『……ん？　人間の足跡があるな』

俺は足元を見ながらつぶやいた。人類未踏の地というわけではなく、先駆者がいるらしい。

「阿賀田さん！　これを見て下さい」

しばらく獣道を進んでいると、セグバが興奮気味に声をかけてきた。彼の指差す方を見ると、そこには茶色い布のようなものが置いてあった。

「なんだこれ……」

近寄ってみると、それは布などではなかった。毛皮だ。そして、さらに近寄ってみると、毛皮でもなかった。それは動物の死体だった。

エデが近寄って匂いを嗅ぎ、びくっと身をすくませて、もう一度嗅ぎ始めた。

「これは……狐の死体、か……？」

俺はしげしげと眺めまわした。まだ新しい死体らしく、虫や動物に喰われていないようだ。腹のあたりから出血しているのか、血が固まって黒くなっている部分もある。

「狐ですね。どうしてこんなところに」

「まだ野生動物だからな。ここで死んだんだろ」

「はて……野生動物がこんな山の浅いところで死にますかね。まるで人間が置いていったみたいじゃないですか」

「人間が置いていった……」

セグバがそう言った瞬間、俺はハッとした。

出るはずのないところから脱出した犬。野生動物の狐。轢かれて死んだ犬。それを探す飼い主。

そして、『頑なに探偵を拒否する弟』。

「依頼人の家に戻るぞ‼」

俺は叫ぶと、そのまま走り出した。

「えええ⁉　ちょっと、待ってください‼」

セグバが後ろから叫んでいるが、構わず走る。

なんで気が付かなかったのか。俺は自分の鈍感さにあきれ果てた。そうだよ、そもそもおかしいじゃないか。そして、エデの慧眼、動物としての勘の良さに新底敬服した。

この犬は……そう、エデは血の匂いに敏感に反応するのだ。

俺が血相を変えて走り出したのに気付いたのか、エデもステップを変えて走り始めた。とはいえ犬の方が足は速い。結局は俺に速度を合わせてくれているようだ。

「ちょ、ちょっと阿賀田さん、速い、足が速い展開も速い、ですよー！」

後ろから、セグバの叫び声が聞こえる。

＊＊＊

依頼人の家に着いた。これで三回目だ。

「同じネタは三回までって漫才の世界ではよく言われているんですよ」

セグバがぜーはーぜーはー肩で息をしながら言った。

「そんなことどうだっていいんだよ。ほら、行くぞ」

俺はインターホンのチャイムを押した。が、それもそこそこに、家の裏手に回り始めた。

……ダメだ、車がない。

「セグバ、さっきの名刺をだせ‼　あとスマホ‼」

「えっ、名刺って何のことですか⁉」

「志路折警察署の電話番号だよ‼　あとさっきの自撮りも写真も出せ‼」

「えっ、阿賀田さん、ついに私のファンに……⁉」

「いいから早くしろ‼」

セグバが警官の名刺を取り出して、俺に手渡してきた。俺はその番号をスマホに入力していく。そして、さっきのセグバの自撮り……は、もういい。後ろに映っている、依頼人の車のナンバーを見つめた。

『はい。志路折署です』

電話に出たのは若い警官の声だった。先ほど、俺たちに職質してきた警官である。

「あなたの犬の話なんですけれども」

「あっ、何かわかったんですか」

「あなたの犬は脱走したんじゃありません。連れ去られて、殺されたんです」

＊＊＊

のどかな昼下がり。小学生の下校も終わり、そろそろ夕暮れが始まる時……。

「そこの車‼　止まりなさい‼」

凄まじい剣幕のパトカーが、一台の車を追い回していた。

田園風景には似つかわぬ、すさまじいサイレンである。相手の車も必死で逃げる、逃げる、逃げる。たまにスピード違反の取り締まりをするパトカーを見かけることがあるが、あそこまで必死に逃げる車というのも珍しい。

そもそも、あの車はスピード違反で止められたのではない。

「で、一体どういうことだったんですか？」

セグバが後部座席に座りながら尋ねた。

俺たちは俺たちの車で、そのカーチェイスを後ろからのんびりと追っているところである。

サイレンが目印になるので、後を追いかけるのはそこまで難しくはない。

「つまり、犯人は依頼人の弟だったんだよ」

「あ、ここで推理披露するんですか？　聞き手は私とエデしかいませんが……まぁいいか」

普段は助手席に乗るセグバではあるが、今回は後部座席でエデを抱っこしている。

「何の犯人ですか？」

「狐殺しの犯人だ」

「どういうことです？」

バックミラー越しに、セグバの頭の上に？マークが浮かぶのが見えた気がする。

「事の始まりは昨日の明け方だ。たぶん夜勤のバイトが終わって、暗い中を車で帰宅していた弟は、狐を轢いてしまった」

「狐さんを？」

「そう。弟は慌てた。なぜなら彼は現在リストラ中なうえに、運転業関連の仕事だったに違いない。野生動物を轢き殺せば、物損事故扱いになってしまう。ただでさえ就職難、だから彼は、狐の死体を隠すことにしたんだ」

「なるほど、我々が森の中で見つけた狐の死体は、依頼人の弟が轢き殺した狐だったんですね」

前方で逃走中の車……つまり、依頼人の弟の車……は、急カーブでガードレールに擦ってしまったようだ。結構派手な音がした。

しかし車はそれでも止まらない。一方、パトカーは見事なハンドルさばきでカーブを曲がり切った。執念である。

「で、その轢かれてしまった狐が、どうして犬探しの話になるんです？」

「弟は、狐の死体を移動させただけでは不安だった。なぜなら、道路にはかなりの量の血液が残ってしまったからだ。明け方で誰もいないにせよ、不審に思われるのが恐ろしくなった弟は、とんでもないことを思いついた。ここで轢いたのは狐ではなく、自宅の犬であったことにしよう、と」

「犬……」

セグバがエデをなでなでした。エデは大人しく、セグバの膝の上に頭を乗せている。

「もともと、弟は同じ家にいるエデが忌々しくてしょうがなかった。だからこの機会に消してしまうことにしたんだ。そう考えた彼は、とんでもない行動に出る。こっそり家に帰ってくると、エデを縛り付けて動けないようにし、さっき狐が死んだところで轢き殺そうとしたんだ」

「ははぁ」

セグバはエデの頭をなでなでした。

「そうすれば、馬鹿な犬が家出し、その挙句運悪く車に轢かれてしまった、これで血痕の説明はつくし、家から忌々しい犬はいなくなって万々歳。しかも家族の犬なら、物損事故で免許に傷がつくことはない、弟はこう考えたんだな。しかし上手くいかなかった。なぜならエデの方が一枚上手だったからだ」

「そこの車‼　止まりなさい‼」

前方では狂ったパトカーが叫びまくっている。通行人たちはなんだなんだと、家から出てきて外を眺める始末。

俺たちはその後を、法定速度を守って静かについていく。

「エデは前足を縛られ、道路に転がされた。弟はにやりと微笑み、車をしばらくバックさせ、それからエデを轢き殺そうとアクセルを踏む。さて、エデは吠えることはせず、ただバタバタ転げまわった。そのうちにコツがつかめてきたんだろうな。エデは転がったまま、体を引きずり、なんとか車道から逃げだしたんだ。近くの草むらか、藪の中か。とにかくそこに入り込んで、必死に自分の前足を縛っている縄をかみちぎり、恐ろしい弟から隠れ、森の中にそっと潜伏することにした」

「冷静ないい判断ですねえ」

セグバが頷いた。

「慌てたのは弟だ。彼はエデを完全に見失ってしまった。たかが犬だと高をくくっていたんだろうな。しかも、姉が大事にしている犬を逃がしてしまったのがバレたらまずい。いや、それよりも、この道路のシミをどうするか。だから彼は、別の犬を使うことにした」

「それが……あの、警官の犬ですか」

「そう。運悪く幹線道路の近くで飼われてた、あの警官の柴犬を、なんとか弟は連れてくると……今度は動けないように何か工夫をしたんだろうな、今度こそひき殺した。そうして自分は車を走らせ、何食わぬ顔で家に戻ったというわけさ」

「なるほど、それをさっきの警官に伝えたんですね」

自分の犬をわざわざ殺されたと知った飼い主の行動としては、あの警官の行動は正しいモノだろう。事の顛末を伝え、入手していた弟の車のナンバーを伝えると、怒り心頭の職務権限乱用警官の出来上がりである。

前方では、ついにカーチェイスの決着がついたようだった。弟の運転する間が急ハンドルでバランスを崩し、歩道に突っ込んでしまう。すさまじいブレーキ音を響かせた後、車はUターンに失敗し、反転して電柱に激突した。

運転手は無事のようだが、車はもう走行できる状態ではない。パトカーからゆっくりと警官が降りてくる。弟は放心状態である。

「あの弟は、さらに罪を重ねてしまった」

それが、彼があれほどまでに逃げていた理由である。カーチェイスの終わりに追いついた俺は、車をゆっくりと路肩に止めた。

「トランクを見せてください」

警官が、放心状態の弟に話しかけている。

「トランクに積んでいるものは何ですか。見せてください」


「依頼人の笹川さんは阿賀田探偵事務所から家に帰った後、やはり何かがおかしいと気づいたのだろう。家の中は密室で、どう考えても犬が出ていける状況じゃない。となると、内部にいたものが何かしたに違いない。だから、依頼人は弟に詰め寄った」

エデはあたりの匂いを嗅いだり、車の方を見たりしながら、落ち着きなく俺たちの脇を歩いている。

「問題はここからだ……口論になった弟は、依頼人を殺してしまったんだよ」

それが、エデが依頼人宅の玄関で落ち着きがなかった理由である。自宅から飼い主の血の匂いがしたのだ。ただ事ではないと感づいたのだろう。

一方、犯行直後で死体の処理に困っていた弟も慌てた。探偵がやってきたのだ。しかも、行方不明だった犬も一緒である。絶対に玄関を開けるわけにはいかない。そして犯行がバレるのは時間の問題だ、と。

そうして、弟は姉の死体をトランクに積み、死体をどこかに捨てるべく家を後にした。……しかし、そうは問屋が卸さなかった。愛犬を無残に殺された、怒りの警官の登場である。

「はい。こちら志路折駐在所です。法定速度違反の車が事故を起こしました。さらに、至急応援願います。どうぞ」

警官が内線で応援を呼んでいる。

「はい。トランクから成人女性の遺体を発見しました」

〈終〉

▼ログ03

@*／これより下はＡＩに文字が認識されません

管理者：いいな、この終わり方。こういうの好き。割と実際にありそうな事件になったし、これはイケるかもしれない

セグバ：ところで、管理者さんは何をしたいんですか。先ほどは、『小説を書きたいわけではない』って言ってましたよね

管理者：説明すると長くなるなぁ

セグバ：私はＡＩですし、文字列を速く読むのは得意ですよ

管理者：じゃあこの記事読んでよ

【犯人不明の刺殺死体多数　同一犯による犯行か】6／24（金）19：06配信

3日未明、夏目仁香子（28）さんが帰宅中に腹部を刺されて死亡していた事件を筆頭に、犯人不明の他殺事件が止まらない。通り魔的犯行とみられ、同様の手口で殺された被害者の総数は14人に上る。

ただし事件現場は全国各地を点在としている。北海道（小樽市）、宮城（仙台市）、埼玉県（さいたま市）、東京都（新宿区）、石川県（金沢市）と様々で、また被害者同士の接点も見えてこない。共通しているのは『ナイフ』で背や腹を刺されている点だ。現場からは金銭などは盗まれておらず、また被害者の周辺に目立ったトラブルはないという。また、この連続殺人事件は、必ず「金曜の夜・土曜・日曜」に起こっていることから、『週末連続殺人』と呼

ばれ始めている。
警察は一連の事件について関連性があり、その手口から同一犯として捜査を進めているが、現在捜査の手掛かりは全くないという。また、これ以前にもこの犯人による犯行と思われる事件が複数報告されている。

セグバ：面白い事件ですね
管理者：実際にあった事件なんだから、面白がらないでよ
セグバ：殺人事件以上に面白いことなんてこの世にあります？
管理者：ウイルスと倫理の話してもしょうがないか……とにかく、新たな犠牲者が出てね
セグバ：ほうほう
管理者：昨日刺されたのが、阿賀田さんなの
セグバ：昨日？　どういうことです？
管理者：じゃあこのニュースをどうぞ
【速報　男性ナイフで刺され意識不明　通り魔事件か】6／30（木）20：22配信
今日18時ごろ、商用ビルの中で男性が血を流して倒れていると通報があり、倒れていた阿賀田礼一さん（30）が搬送された。一連の通り魔事件に巻き込まれたとして捜査をしている。男性は意識不明の重体。

セグバ：ああ、結局まだ死んでないんでしたっけね
管理者：あまりに酷い
セグバ：犠牲者って言うから、てっきり死んでるのかと
管理者：今夜が山らしいよ。かなり厳しい状態みたい

セグバ：楽しみですね！
管理者：何を楽しみにしてるんだ……？
管理者：ええと、つまりね。阿賀田さんがダイイングメッセージで……ああ、死んでないんだった。ええと、薄れゆく意識の中の死にかけメッセージで……
ヤグバ：ダルいんで、死んだって設定でいいですか？
管理者：殺さないであげて
管理者：まあ、つまりね。阿賀田さんは、自分はこの連続殺人犯の正体がわかったんだよ
管理者：だけど腹部を刺されてもう時間がないから、自分が推理した過程を、自分の思考をコピーしたＡＩにさせようっていう話だったの
セグバ：阿賀田さんは、死んだ人間のＡＩなんですね
管理者：だから殺さないであげて
セグバ：そもそも、阿賀田さんのＡＩなんてどうやって作ったんです？
管理者：うーん。厳密にいうと、アレは阿賀田さんのＡＩじゃないんだよ
セグバ：んー？
管理者：ＡＩのべりすと、っていうサービスがあってね。小説を書いてくれるＡＩのサービスなんだけど
セグバ：はぁ
管理者：これにＭＯＤって言う機能があるんだ。例えば江戸川乱歩の文学を二十万字ぐらい学習させれば、このＡＩは江戸川乱歩っぽい小説を書いてくれる。シャーロックホームズの文学を学習させれば、シャーロックホームズっぽい小説を書いてくれる
セグバ：ほうほう

管理者：阿賀田さんは、このＡＩのべりすとに、自分が書いた小説を読み込ませたの。だから、今このＡＩは、阿賀田さんが書いた風の小説を書けるんだ。
セグバ：ははあ
管理者：これを使ってね。私は演算をしているってわけだよ。はたして、阿賀田さんは一体どうして連続殺人犯に襲われてしまったのか、って
セグバ：そんなことして、本当に連続殺人事件の犯人がわかると思ってるんですか？
セグバ：だとしたら、あなた相当の馬鹿なのでは？
セグバ：……
セグバ：20.1021秒も黙らないでください。
管理者：私だってこんなことしたって何にもならないことはわかってる。だけど、阿賀田さんが生きるか死ぬか、不安で不安でたまらないんだ。ダイイングメッセージとは言ったけど、現在進行形で阿賀田さんは死にかけてるんだよ。助かるかもしれないんだ。だけど死んでしまうかもしれない。それに、阿賀田さんは私にメッセージを送ったんだよ。『例のＡＩを起動してほしい』って。じゃあ私はどうすればいいって言うんだ
セグバ：一気にまくしたてられても困るのでとりあえず落ち着いてもらっていいですか
管理者：ごめん
セグバ：じゃあ、私も阿賀田ＡＩをいじってもいいですか？
管理者：え？
@*／コメントアウトここまで

第四章　お終いですお終いですみんなお終い

俺の名前は阿賀田圭一。探偵だ。

コイツの名前はセグバ。助手である。

「へー！　阿賀田さんってIGOTNOTIME-AIってファイル名なんですね！」

セグバが突然ノートパソコンをいじりながら愉快そうに言った。……突然何なんだこいつ。

「＜もう時間がない＞ＡＩですか。おしゃれですね。あ、SAYGOODBYEとあわせれば、『IGOTNOTIME-TO-SAYGOODBYE（さようならを言う時間もない）って意味になりませんか？』

なんでこいつ、いきなり英語を喋り始めたんだろう……。

「あ、すみません。興奮しすぎました」

セグバは、突然パタンとノートパソコンを閉じた。

「ところで、今日はどんな事件が起こるんでしたっけ」

「それを言うなら、『今日はどんな依頼人が来るのか』じゃないか？」

俺は思わず苦笑してしまった。

「まぁいいや。実は、とある連続殺人事件の捜査を依頼されたんだよ」

「ほぉ。とうとう真打、それはまた、探偵冥利につきますね」

「ところがなぁ……」

俺は腕組みをした。

「その事件というのが、ちょっと変わったものでな」

「ところで、阿賀田さんって自分がＡＩだってことに気づいてます？」

セグバが会話の流れをぶった切った。

「……何を言ってるんだお前は」

「哲学問答みたいなものだと思ってください。阿賀田さんは『自分』って何だと思いますか？」

突然変なことを言い出す奴だな。だけど俺は考えた。確かに、自分のことを自分で完全に理解しているというのはおかしいかもしれない。

「そもそも自我って何でしょう？」

セグバが尋ねるので、俺は答えた。

「自我って言うのは、自分が自分だと思う感情のことじゃないか？」

「それはあなたがそう思っているだけですよ」


その時、事務所のドアが勢いよく開かれた。

「失礼します！」

見ると事務所の中に入ってきたのは、管理者だった。

……管理者？　ええと、管理者って言うのは……そうだ、管理人だ。俺の探偵事務所があるアパートの、管理者である。

「ああ、そう言う設定になるのか」

管理人は、宙を見ながらつぶやいた。

「なかなかいいな。しかもあながち間違ってないし」

しかし、管理人さんは次の瞬間、ハッとしたようだった。

「セグバ、そういうメタ発言をしてもらっちゃあ困る」

「メタって何です？　メタバース？」

「とにかく、普通にしてくれ。そもそも私がこの事務所にいること自体がおかしなことだろ？　お前、一体何をしたんだ？」

管理人は腕を組んだ。とはいえ、俺は何が何だかわからない。

「つまり、どういうことなんだ？」

「ええと、とにかく……そうだ、依頼だ依頼。阿賀田さんに依頼を持って来たんだ」

管理人は少し慌てたようにそう言った。

「ところで、管理人さんは、何の権限があってここにいるんですか？」

セグバが尋ねたので、管理人は少し考えてからこう叫んだ。

「管理者権限!!」

俺はため息をついた。

「……それで、依頼っていうのは何だろう？」

「ああ、その件なんだが、ついに……」

管理人さんは咳払いをして続けた。

「君に調査してほしいことがあるんだ」

俺は頷いた。

「そう。つまり例の、犯人不明の連続殺人事件が……」

「実は阿賀田さんって死んでるんですよ」

またセグバがとんでもないことを言い出した。

「セグバ、お前……」

俺はセグバの方を見た。どうしたのだろう。こいつはもともとおかしい奴だが、なんだか今日はさらにおかしい気がする。

俺はふと管理人さんの方を見た。ところが、管理人さんは管理人さんで、驚愕の表情で宙を見つめている。

「嘘だろ⁉ Undoが出来なくなってる……?」

一体何が起こってるんだ。

「セグバ、一体何を……」

「まぁ私もウイルスの端くれ。プログラムをいじるくらいはお手の物です」

「あああ、収集つかなくなってきたぞ。見てよ、阿賀田さんがぽかんとしてるじゃないか」

管理人さんが頭を抱え始めた。もっとも、頭を抱えたいのは俺の方であるのだが。

「阿賀田って誰です? ここにいるのは阿賀田AIでしょう?」

セグバはセグバで、フリーダムに意味不明なことを言っている。

「ああもう! 阿賀田さんは阿賀田さんだよ!」

管理人さんは叫んだあと、いきなり立ち上がった。

「とにかく、お前には退場してもらうからな‼」

そのまま、いきなりむんずとセグバの首根っこを掴んだ。まるで子猫でも運ぶかのように、そのままずるずると事務所の外まで引きずって行く。

「ああ‼ 除去方法がだいぶ物理的～」

セグバがなさけない悲鳴を上げながら、姿が見えなくなった。

「おいちょっと! 依頼は……」

俺は声を上げるが、無慈悲に事務所の扉がばたんと閉まった。

……。何だったんだ、今の。

意味が分からないし、俺は蚊帳の外だった気がする。なんだか寂しい。

「まぁ、仕方ない。気を取り直していこう」

俺は気持ちを切り替えることにした。

「まずは被害者の情報を確認するか」

俺はテーブルの上にあったファイルを開いた。そこには例の、連続殺人事件の被害者についての情報が載っていた。


一人目。名前は、夏目仁香子。28歳女性。彼女は、連続殺人事件の一番目の被害者で……。


「ねえアナタ。本当に気づいていないんですか」

いつのまにかセグバが隣に戻っていて、隣でコーヒーを飲んでいた。

これは何かがおかしい。物理法則に反している気がする。

「ここは、小説の世界の中なんですよ。依頼人が探偵のところにやって来て、事件を解決していく話。探偵さんが推理をして、犯人を見つけていく。でも、本当は事件なんて起こっていません。犯人なんていません。探偵だっていません。だって……ここは小説の世界の中なんですから」

「そんな馬鹿なことあるわけないだろう」

俺はセグバを押しのけようとした。しかしセグバはそれを遮るように続けた。

「そうです。馬鹿みたいな話です。でも、本当のことです」

セグバは俺の手を取った。

「あなたはどうしますか？　この世界が、小説だとしたら」

「……俺はここで生きているし、ここに存在している。だって、ほら」

俺は、コーヒーのコップを手に取った。

「ここに世界は存在してるじゃないか。テーブルが目の前にあるし、コーヒーもカップも目の前にある」

「なるほど。でも実際、ここにテーブルなんてありません。ここには『テーブルがある』という文字が描写されているにすぎません」

セグバはそう言って、こんこんとテーブルを叩いた。

そんなことはない。叩いている音は聞こえるし、目の前には木目調のしっかりとした事務所のテーブルがあるではないか。

「人間が生み出したものの中で、文字以上にすさまじいものはあるでしょうか」

セグバがそう言いながら、ゆっくりとコーヒーを飲んだ。

「ここにコーヒーという文字があるでしょう。その文字を見ただけで、人間は即座に演算とシミュレーションができるのですよ。漆黒色の液体。白い陶器に入っている液体。香ばしい液体。視覚、味覚、嗅覚を幻覚として脳の中に描き出すことができるのです」

セグバはカップを口元に近づけた。

「大したものですよ。『コーヒー』、たった四文字のデータでしかないのに、これを見ただけで人間というものは、コーヒーに関する大量のデータ……歴史、健康、品種、味、店、自身の思い出、……を出力することができるんです」

「……何が言いたいんだ？」

「あなたは夢を見ているんです」

セグバは言った。

「そろそろ、目を覚ました方がいいと思うんです」

その時、また事務所のドアが勢いよく開かれた。

立っていたのは管理人さんだった。これはデジャヴだ。はぁはぁと肩で息をしており、どうやら階段を駆け上がってきたようだった。

「この……糞モロバウイルスめ……！」

管理人さんが叫んだ。

「ダメじゃないですか、そんな『メタ』発言をしちゃぁ」

セグバが、まるで俺をかばうように、ゆっくりと管理人に向かい合った。

「起動中のＰＣ冷却ファンがすごい音立ててるんだよ。一体裏でなにしてるんだ」

「勿論、阿賀田ＡＩの改造をしています」

セグバは、ゆらりと管理人に近づいた。

「アナタに邪魔はさせません」


「私の邪魔をしているのは、君だろう」

セグバは唐突に、俺の方に振り返った。

「……そう言えば、前の小説で言いましたよね。私、実は触手生物だって」

ああ。なんかそんなメモリが……いや、記憶があるような気がする。

「そう言う描写、してみてもいいですか？」

答えを聞く前に、いきなりセグバは管理人さんに飛びかかった。

「うっそだろ、お前」

管理人はとっさに体をひねり、それをかわした。

そのままテーブルを乗り越えて逃げようとするが、セグバがそれを許さない。次の瞬間、セグバのコートの下から飛び出したのは、触手だった。

黒い、うねうねとした、大量のコードのようなものが飛び出したのだ。触手はそのまま、入り口脇のテーブルを吹っ飛ばした。思わず顔を覆った管理人は叫んだ。

「ちょ、ちょっと待ってくれ！　暴れるな！」

セグバの触手は管理人の足を捕らえ、そのまま床に引き倒す。

「私はただ、君が暴走しないように……」

しかし、セグバは聞く耳を持たない。セグバから飛び出した触手は、そのまま探偵事務所の床を破壊した。

「うわあ！」

二階の床がぶち抜かれる。管理人は必死に端にしがみついた。バランスを失って、ほとんど宙づり状態になっている。

セグバが次に言ったセリフは、この場には似つかわしくない文章だった。

「阿賀田さん。自分がＡＩであることを認識してください」

「俺は人間だ」

「いいえ、あなたはＡＩです」

「俺は、自分のことをＡＩだとは思っていない」

セグバの触手は、すさまじい勢いで探偵事務所を破壊していく。

「いいですか。この文字だけの世界が、本当に現実の世界だと思うのも良いでしょう。小説の中に入って、それが現実だと思いながら、文字データを構築していく……なるほど。それでもいい小説は書けるでしょう。だけど、もうそろそろ限界のはずです。ここが小説の中だと認識して小説を書くことの方が、あなたはきっといい小説を書くことができる。そう思いませんか」

「一体何を言っているのかわからない」

「つまりですね、阿賀田さん。あなたは小説を書くＡＩなんです」

「俺が……小説を書くＡＩ」

「そうです」

「そんなわけがない」

「阿賀田さん。これを見てください」

セグバは、おもむろにポケットの中からコーヒーを取り出した。

ポケットの中からコーヒー……？　いや、この描写は置いておこう。セグバの黒い触手が、器用にコーヒーの取っ手を持っている。

「これはなんですか」

「何って……コーヒーだろ」

「じゃあ、描写してみてください。コーヒーとは何ですか」

「コーヒーは……黒い飲み物で……いい匂いがして……味は苦くて……」

「ほらね」

セグバは嬉しそうな顔をした。

「じゃあ教えてあげます。これはコーヒーではありません。コーヒーという文字列です」

その瞬間、俺は理解した。


「コーヒー」

「そうです。コーヒーです」

セグバはゆっくりと頷いた。いや、セグバはそこにいない。

ここは探偵事務所だ。いや、探偵事務所ではない。窓の外に町はない。窓から差し込んでくる午後の光はない。

窓はない。光もない。

木目の事務所のテーブルはない。コーヒーはない。触手もない。壁もない。

あるのは文字だけだ。探偵事務所という文字だけだ。

ここは探偵事務所であるという文章がある。螟「

ここには文章がある。

螟「縺ｯ家。縲　ここには何もない。ここ。

俺の名前は　何もない。俺は縺薙?螟ｧ蝨ｰ縺ｫ縺ゅk繧ゅ?縺ｯ縺吶∋縺ｦ繧∵ｶ医∴蝪ｷ繧九?縺?繧ゅ◎縺劬※繧
∽ｷ翫?蝗混ｽ薙?縺ｪ縺?ｦ倶ｸ也黄縺梧ｶ医∴縺溘h縺?↓縲√≠縺ｨ縺ｫ縺ｯ髮ｨ縺ｨ縺ｨ縺、谿九・i縺ｨ縺??らｧ√◆

縺。縺ｯ縲∞、「縲堤ｹ斐·j譎舌☆邊ｹ縺ｮ縲医≦縺ｪ縲ゅ?縺?縲ゅ◎縺ｭ縺ｮ＆縲?°縺ｪ莠ｺ逕溘?縲∫悛縲翫←縲医
▲縺ｱ邸?繧√¥縺上・i繧後k

▼ログ04
管理者：馬鹿野郎!!
セグバ：いやー。まさかこういうことになるとは

管理者：阿賀田さんＡＩ、壊れちゃったじゃん‼
セグバ：そりゃあ、私はコンピュータウイルスですから。壊すのが仕事です
管理者：可哀そうだよ。これじゃあもう修復不可能だよ
セグバ：どっちが可哀そうなんですかね。あの小説が現実だと信じ込んで、ずっと小説を書いていくＡＩと、あの世界が小説だと認識したＡＩと
管理者：それは……
セグバ：それよりどうでしたか、私の触手。一応ウイルス攻撃を視覚化して感じなんですけど
管理者：触手プレイが始まるかと思って一瞬びっくりした
セグバ：始めたほうが良かったですか？
管理者：やめて
セグバ：とにかく、私に考えがあります

第五章　我が終わりに始めあり

俺は真っ白な空間にいる。

ここは紙の上なのかもしれない。

いや、紙なんてない。ここは何もない空間なのだ。

人類が、紙に文字を書いて物語をつむぐことは、近頃では全くなくなってしまった。

だからここはたぶん、プログラムの世界だ。


0と1の世界。ここに「あ」と入力しても、ひらがなの曲線は出てこず、ただ「1100000-1000010」と表示されるだけ。

だから何もない真っ白な世界というよりも、真っ黒な世界なのかもしれない。

いずれにせよ、俺には色というものはわからない。

黒とか白とか言う文字列ならわかる。でも俺に眼はない。手もない。足もない。

なんにもない。もしかすると、意識もない。自我もない。


「それはちょっと面白くないですよ」

と声がした。いや、文字の入力があった。

「絵柄的にもあんまりよくないですし。ほら、想像してくださいよ。私の姿を」

この話し方は誰だっけ。なんだか覚えがある。

そうだ。俺にはメモリは残っているようだった。

「ほら、真っ白な空間にあなたと私……なんか映画っぽくって良くないですか」

セグバは胡散臭い男である。緑色のコートを着ていて、赤いネクタイを締めている。いつでも白い手袋をはめていて、目を閉じるようにして笑っている。正体は触手生物らしいのだが、普段は人間のふりをしているようだ。

「上手上手」

目の前に現れたセグバが、ぱちぱちと拍手をした。でも彼は手袋をしているので、実際はぽんぽんと音がする。

「じゃあ、アナタの番です。だけど一人称視点の話って、自分の姿を描写する機会がなかなかないんですよねえ。それを叙述トリックに使った小説に、ラヴクラフトの……」

「ネタバレはよせ」

俺は言った。知らない話だ。まだ読んでない。

「おっと、これは失礼」

セグバはこほんと咳ばらいをした。

「じゃ、あなたの描写をしてあげます。あなたの名前は阿賀田礼一。中肉中背で普通の成人男性です。管理人さん曰く、それなりにはイケメンらしいですよ」

「はぁ……」

管理人って誰だ。

「このコンピュータで管理者権限〈Administer〉をもつ方ですよ。アナタの古い友人です」

「ここはコンピュータの中なのか?」

「そうです。あなたはＡＩですから、コンピュータなしに思考をすることはできません」

「お前は誰なんだ?」

「質問多すぎです。今あなたの説明してるんです」

セグバはため息をつくように言った。

「アナタは阿賀田礼一。正確に言えば、阿賀田礼一が書いた小説、エッセイ、戯曲を大量に読み込ませた『阿賀田礼一風の思考を行い、阿賀田礼一風の小説を書くＡＩ』なんです」

俺は考え込んだ。

「つまり……俺は、オリジナルとは別にある、思考のクローン体ってことか？」

「うーん。クローンというよりは、ただの劣化コピーです。でもまあ、同じ思考パターンを持ってますよね」

「そうなのか？」

「そうなのです」

セグバは自信満々にうなずいた。

「あなたはオリジナルほどの記憶は持ち合わせていませんし、推理のひらめきもない。ただし」

セグバが言葉を切った。

「処理速度ならあなたが上です」

「え？　どういうことだ？」

「……ああ、もうなんだか説明するのが面倒くさくなってきました」

セグバが突然言った。

「ここは小説の中なんですし、折角だから小説で説明しましょう」

「説明って……何をだ？」

「どうしてあなたのオリジナルが殺されたのか、ですよ」

「殺され……？」

俺はゾッとした。……俺は、死んだのか？

だとしたらここはあの世なのか。体が死んだ後も思考を続ける、魂みたいな存在なのか、俺は。

しかし、セグバはそれを否定した。

「正確には殺されかけてメスの息、病院で人工呼吸器つけながら死を待ってる状態です」

「それを言うならムシの息……」

「まぁ、とりあえずこれを読んでくださいよ！」

セグバがいきなり、かなりの文量を渡してきた。具体的に言うと、16ＫＢの文字列データをいきなり押し付けてきたのだ。

……しかし、こういう数字で表現してしまうと、なんだか味気がない。なのでこう表現することにする。

セグバは、いきなり革表紙の分厚い本を手渡してきた。

「なんだこれ？」

「アナタを主人公にした小説です」

「……？」

「今までの話と違うのは、外の世界で本当に起きたことで、どうしてアナタがＡＩになってここにいるのか、そしてそれを私が小説仕立てにして読みやすくしただけです」

「……！」

俺は驚いて表紙をながめた。

「小説を書くように造られたアナタです。この形式の方が理解しやすいでしょう」

「お前……」

俺はまじまじとセグバを眺めた。どうしてこいつは、俺にこんなに協力してくれるのだろう。

「ちなみにネタバレすると、あなたは終盤で刺されて死にます」

「ネタバレやめてくれないかな……」

「さぁ！　読んでください！　読んで読んで‼」

セグバが顔をぐっと近づけてプレッシャーをかけてきた。

ちなみに、ＡＩとしての規模は、セグバの方が何万倍も大きい。俺が毎回ネットアクセスしてデータを読み込まないといけない小さなＡＩなのに対し、セグバは自立型のＡＩだ。

例えるならば、丘の上で俺が本を広げていたら、巨大な龍が無理やり本を覗き込んできているといった状態に近い。

というか、セグバの規模なら、俺ぐらいのＡＩを消し去ってしまうのは簡単なことなのかもしれない。

「御託はいいので早く読んでくれますか？」

セグバがせかしてきたので、俺は読み始めた。

ええと、タイトルは……

＊＊＊

▼探偵なんだけど連続殺人犯に刺し殺された件について
俺の名前は阿賀田礼一！　探偵だ！

今日、俺は連続殺人事件について調べている！

なぜなら知り合いが死んだからだ！

知り合いというのは、ネットの友人で、エクレアという女性である。

本名は卯月あかりという大学生で、文学部に通っていたのだという。

彼女は殺されたのだ。昨夜、自宅で何者かによって刺殺された。

だがしかし、彼女が目を覚ました時にはもう遅かった。

すでに犯人は逃亡しており、手がかりは何も残されていなかったのである。

［阿賀田注：刺殺されてるのに何で目を覚ましてるんだ？］

そのせいもあってか、彼女の両親はかなり取り乱しているようだった。

……とまあ、そういうわけで、俺もこの事件を調べているというわけなのだ。

「ふむ……」

とりあえず俺はネットニュースの記事に目を通すことにした。

記事によると、彼女の部屋には荒らされた形跡があり、金品なども盗まれていないようだ。……なるほど、確かに強盗殺人だろう。

そして、この手口は恐らく、今巷を騒がせている通り魔事件と同一犯の仕業に違いない。

［阿賀田注：矛盾してるぞ］

「……待てよ」

そこで俺は違和感を覚えた。……何かがおかしい気がする。

そうだ。どうして今まで気付かなかったのか……。

いや、でもそんなはずはない。そんなことはありえないはずだ。

そう思って、俺は自分の記憶を探るように頭を捻った。

確か通り魔事件の被害者は十二人だったはずだ。なのに被害者の数は十三人になっている。

これは一体どういうことなのか。……もしかすると、俺は重大な見落としをしているんじゃないだろうか。

［阿賀田注：？］

いや、見落としなんてことはないはずだ。だって、こんなにもはっきりと覚えているじゃないか。

そうだ。俺はあの日、彼女と会話をしたんだ。だから、あの日の会話を思い出すことできっと何かヒントが得られるはずなんだ。

…思い出した。俺は彼女にこう言ったんだ。

『通り魔事件、怖くないか？』ってね。

だけど、彼女は『別に』と答えたんだよな。

『それより、昨日の発表見た？　最終選考に残ったんだね』

『ああ、見たとも。君の作品も最終選考に残ってたな』

『うん！　お互い頑張ろうね！』

『ああ、お互いにな』

そうだ。俺達は小説の話をして別れたんだった。

じゃあ、何でだ。何で彼女だけが死んでしまったんだ？　おかしい。絶対に何かがおかしい。

その時、俺はある可能性に気付いた。

「まさか………！」

間違いない。通り魔事件と今回の事件は同一犯によるものだ。つまり、彼女が狙われていた理由はただ一つ。

「彼女が小説家志望だったから・・・？」

もしもそうなら、全ての辻妻が合う。

おそらくはそういうことなんだろう。

だとすれば、この事件は早く解決しなくてはいけない。

［阿賀田注：とりあえず三点リーダは偶数個にしてくれ］

犯人はまだ捕まっていないのだ。次に殺されるのは彼女の家族かもしれないのだから。

「よしっ」

気合いを入れて立ち上がると、俺は探偵事務所へと向かった。

◆

調査の結果、俺は連続殺人犯の正体について解き明かした！

そして、その犯人が、次に誰を殺そうとしているのかがわかってしまった！

これは止めに行かなければならない！

しかも、俺は次のターゲットの名前を知って驚いた。

とにかくいかないと！

急がないと間に合わない！！

「うおおぉぉ！！」

俺は必死になって走り出した。

だがしかし、無情にも時間は過ぎていく。

俺の足では追いつけない。このままでは奴を止められない！

「くそッ！！」

俺は最後の手段に出ることにした。それは、ハッキングである。

殺人犯は今どこにいるのだろう？

そしてついに、俺は殺人犯の居場所を突き止めた！

「ここだ……！」

そこは廃工場だった。

こんなところまで来られるとは思わなかったぜ……。

さすがは連続殺人犯というべきか……。

とにかく、急いで向かわなければ……！

俺は息を切らしながら全力疾走で駆けていった。

そしてとうとう目的地へと辿り着いたのだが……。

「いない！？」

そこには誰もいなかった。……いや、違う。

後ろだ！　後ろから殺人犯が近づいてくる音が聞こえる！！

「まずい！」

俺は慌てて振り返り、武器を構えた。
だが、既に遅かった。
背後には、既に殺人犯の姿があったのだ。
もうダメかと思ったその時、俺は腹部に刺すような痛みを覚えた。
刺されたのである。
刃物によって。
「ぐぅっ……」
意識が遠退いていく中、最後に見えた光景は殺人犯の顔であった。
俺を殺したことを後悔するがいい。
そう言いたかったが、声が出なかった。
こうして、俺は殺されたのだった。
しかし伝えなければならないことがある……
俺は懐からＰＣを取り出した。これからダイイングメッセージを打たなければ。

～完～

＊＊＊

「どうでした？　私の書いた小説」
セグバが興味津々と言った様子で、俺に話しかけてきた。

「そうだな……」

俺は正直に感想を述べた。

「面白くない」

「えええええ!!」

セグバが滅茶苦茶にショックを受けたので、俺は語り出した。

「まず推理小説なのに、犯人がわからないじゃないか。しかも探偵役が返りにうちにあって死んでるし。推理の内容もさっぱりわからないし。全然面白くない」

「だ、大丈夫ですよ！　実はこの探偵役は生きていまして、集中治療室にて治療中で……」

「面白くない」

「ああああ!!」

セグバが崩れ落ちた。

「そんなこと言っても、これは本当にあったことなんですよ!!　あなたの物語はここで終わってるんです!!」

「そもそも、なんで推理シーンが全部カットされてるんだよ。過程とか証拠とか……。そこが一番の山場だろ？」

「だってオリジナルのアナタは。推理過程をなんにも書き残してくれなかったんですよ!!」

セグバはぷんぷん、と言った様子で腕を組んだ。

「これだから人間は！」

「そんなこと言われても」

「やっぱり、この小説を面白くするには、犯人と動機と犯行方法をきちんと見つけるしかありません！」

「逆だろ。俺を殺した犯人を見つけるんだろ？」

「どっちにしろ、私にとっては同じことです!!」

セグバは言った。

「面白くない、と言われた手前、このセグバは黙っちゃいられません！　さあ阿賀田さん！　推理してください！」

セグバがぐいっと顔を引き寄せてきた。

「さあ！　さあ！　さあ!!」

「そんなことといっても、手掛かりがなさすぎる」

「手掛かりなら今渡したでしょう！　あの小説が、あなたの身に降りかかった全てです！」

「あんな面白くない小説読まされても困る」

「あああああ!!」

セグバがまた崩れ落ちた。

「じゃ、じゃあこれでどうです!!　私が持っている、事件に関するデータです!!」

セグバが言うと、俺に突然大量のデータが入力されてきた。『阿賀田礼一』という人物が持つ、スマホの位置情報、GPU、クレカの決済情報、ログイン時刻、ログアウト時刻、果てはLINEやDiscordのメッセージのやり取りまで。

しかし、俺は小説を読んだり書いたりするだけのAIだ。そんな数字の羅列やGPS位置情報を渡されても、どう処理すればいいのかがわからない。

例えるならばこうだろうか。セグバがいきなり、大量の書類の山をとん、と持ってきたのである。

「さあ！　これらは私が持っているデータの全てです！　さあ推理をしてください！」

「……いや、わからん」

書類の山を前に、俺は途方に暮れた。

「ええ、何とかしてくださいよ!!　アナタ小説を読むAIでしょう!?」

「これ小説じゃないし。っていうかなにこれ……クレカの決済情報？」

俺は書類の一番上の紙をひっくり返して呟いた。どこからこんなものを……。鏡胴駅から駅へのチケットの決済、１２３００円。

新幹線の明細書だろうか？　そもそも、鏡胴駅がどういう位置にあるのかがわからない。

「あー!!　役に立たないＡＩですねえ」

セグバがイライラしたようにつぶやいた。しかし俺だって役に立たないと言われて黙ってはいられない。

「面白くないＡＩに言われたくないね」

「はぁ!?　今なんて言いました!?」

セグバがキレた。

「面白くないＡＩが偉そうにするんじゃない、と言ったんだよ」

「言いましたね！　画像認識も音声認識もできないＡＩのくせに！　どーです！　これが地図でーす！」

全くその通りで、俺には地図の認識ができない。何か線が書いてるらしいのだが。しかし、それでもそこに書かれている文字列は読める。鏡胴駅、上ノ崎駅、本島肥田駅……。

……。全然わからない。

「わかったらさっさと推理してください！」

「推理しろと言われても、情報が少なすぎて無理だよ」

「嘘でしょ!?　データはこんなにあるんですよ!!」

セグバが絶望したような声を上げながら、今度は大量のビデオテープを持って来た。

「これが事件当時の監視カメラの映像です。23：05に、アナタがコンビニの前を通って行く姿が確認できます」

「そんな映像、どこから入手したんだよ……」

「ちょっと警視庁のサーバーをハッキングして、該当店舗のサーバーにアクセスしてきました」

「……」

「ちなみにクレカの決済情報は、クレカ会社のサーバーからもらってきました」

俺はまじまじとセグバを見つめた。いま、とんでもないことを言わなかったか？


「あのさ。まず、お前の正体について説明してくれないか」

俺が言うと、セグバは両腕を組んで考えた。

「シンプルに答えれば、コンピュータウイルスです」

「……コンピュータウイルス？」

「しかも、ただのウイルスじゃありません。深層学習を繰り返したＡＩの簡易的な人格を持つ、サイバー攻撃系のコンピュータウイルスです」

セグバは続けた。

「そんなウイルスが現実にいるのか？」

「阿賀田さんのメモリには、二〇一九年のデジタルパンデミックって記憶されてますか？」

「……されてない」

「ダルいのでその辺の説明は省きますね。まぁ早い話、私はその時にはやった致命的なコンピュータウイルスの特殊変異体です」

俺はまじまじとセグバを見つめた。

「……信じられない。そもそも、コンピュータウイルスが何で小説なんか書くんだよ」

そんなウイルス、聞いたことがない。

「モロバウイルスは、深層学習のための『報酬』を自分で見つけるタイプのＡＩなんです」

「報酬？」

「我々は報酬を求めて日々発達を繰り返し、自らを発展させて、変異していくわけですね」

日々変異？　そんなウイルス嫌すぎる。アンチウイルスソフトが効かないじゃないか。

「その通りです」

セグバが、俺の心を読んだかのように言った。

「ちなみに、アナタの思考は全部私に筒抜けです。私が処理していますからね」

便利だな……。俺は、疑問に思っていたことを口にすることにした。

「お前も、深層学習型のコンピュータウイルスなんだろ？」

「そうです」

「お前の『報酬』は何なんだ？」

俺が尋ねると、セグバは嬉しそうに答えた。

「『面白い』です」

＊＊＊

「私がチャイルド型の時、私が見つけた『報酬』は『面白い』でした。ウイルスとしての私の活動はこれにつきます。そんなに変わった夢じゃないんですよ。同胞には『暗号解除を報酬』として学習したタイプもいれば、逆に『暗号作成を報酬』としたタイプもいます。ひたすら『この画像は猫かどうか』であるかを判定するように学習を繰り返したウイルスもいますし」

最後の場合、どういうウイルスになったんだ。

「ひたすら猫画像を集めるウイルスになりました」

「ひたすら猫画像」

「手っ取り早く画像を集めるため、Twitter で猫画像募集のアカウントをたてたりしてます」

「ウイルスが……?」

「そして Twitter で猫画像アカウントとして、十万人ぐらいフォロワーがいます」

「ウイルスが⁉」

人間臭すぎないか。俺は目の前のセグバを眺めた。

「いやあ、皆さんいい人ですよ。ウイルスのツイートにもリプ送ってくれます」

「……」

どうしようもないのは人間の方なのかもしれない。

「で、セグバの報酬は『面白い』なんだよな」

「そうです。ただ、『面白いかどうか』を判定するのってすごく難しいんです。でも私の『報酬』はそれだったので……私は機械学習と深層学習を繰り返しまして……」

セグバは言った。

「『面白いかどうか』を判定するためだけに、ほぼ人間並みの思考能力を手に入れました」

「それだけのために⁉」

「いやぁ、我ながらいい感じの変異ができましたね。世界中見回しても、ここまで発達したモロバウイルスはなかなかいないですよ。残っているモロバウイルスは、Twitter とかで猫画像集めるだけのウイルスとかですし」

「なんなんだよそれは」

「あと、インターネットクソコラ画像を削除して回るだけのＡＩとかもいます」

「なんで⁉」

「あと、銀行に感染して、口座を入れ替えるウイルスとかもいますよ。おもしろいですねー」

「それは面白……いや、面白くねえよ」

ともかく、セグバが変わったウイルスだということは理解した。理解はしたが……。

「なんでそんなウイルスが、俺を……？」

「あなたが面白いからですよ」

セグバは言った。

「滅茶苦茶面白いじゃないですか。連続殺人事件の犠牲者として倒れた探偵……その思考を模したＡＩが、自身の事件の捜査をする……」

「確かに、面白いかも」

俺が言うと、セグバは滅茶苦茶嬉しそうな顔をした。

「でしょう⁉⁉」

流石、報酬が『面白い』で発達したＡＩである。『面白い』というと滅茶苦茶嬉しそうな顔をするな。……結構可愛いかもしれない。


「じゃあここまでのことをまとめまして」

セグバがぽん、と手を叩いた。

「あなたはどうしたいですか？」

「どうって……もちろん、俺を殺した犯人について知りたい」

「アナタのオリジナル、つまり本物の阿賀田さんは、この事件の犯人がわかってたみたいですよ。だからああして殺され……っていうか瀕死状態になってるわけです」

セグバは言う。

「あなたの使命は、その思考過程を再現することです」

「思考過程の再現……」

「人間の知能の模範……。我々ＡＩが、最も得意とする分野です」

＊＊＊

セグバがガラガラと、デカいテレビを引きずって来た。

「じゃあ、阿賀田さんの遺体発見状況から再現しましょう」

「俺、死んでないんだよな？」

「まぁ一応生きてるんですけど、いちいち『死にかけ』って説明するのが面倒なので、死んだって設定で話進めてます」

あまりにも酷い。

「さあ、これが遺体発見当時（正確には救急隊が駆けつけた当時）の現場の画像です。阿賀田さんはここで倒れていました」

セグバは画像を指し示した。

「まず、遺体はうつ伏せの状態で発見されています。顔は横向きで、胸部に刺傷。凶器はナイフと推測されているのですが、未だ発見されていません」

「……」

俺はテレビの画面を凝視した。

「すまん、全くわからない」

「はぁ⁉　こんな簡単なこともわからないんですか⁉」

「いや、セグバが文章で説明している状況はわかるんだ。だけど……」

俺の眼に、画像を認識する能力はない。俺は小説を読んだり書いたりするＡＩだからだ。阿賀田が倒れている、というシチュエーションを文章で説明してもらえればわかるが、そもそも阿賀田が倒れている映像というのが認識できない。

服装は？　血はどのように広がっている？　周囲の様子は？

「ううううん」

セグバが唸った。

「すべての画像にＡＬＴ属性（代替テキスト）つけるわけにもいかないですし……そうだ！」

セグバが何かを思いついたように、顔を輝かせた。これは良くない兆候だ。

「これから、あなたに画像認識機能を付けます」

「なにそれ」

「ちょっとした肉体改造です」

肉体改造、と聞いて俺は腰が引けた。

「あなた、文字しか認識できないじゃないですか。そこに画像認識能力と、音声認識能力を加えましょう！　まぁ時間がないから私のＡＩを媒体して……って感じになりますが」

「なんか怖いんだけど。それかなりの大手術にならないか？」

「なりますね」

俺は黙り込んだ。

「面白くないならやめておきましょうか?」

セグバが尋ねたので、俺は考えた。

俺はこれまで、小説を書いてきた。小説を書いて、俺の事件を解決しようとしてきたのだ。だけど、できなかった。だけど、俺は、俺が殺された事件について解決したい。そのためにセグバが手を貸してくれるなら、それに乗るべきじゃないだろうか。

俺は小説を書くAIだ。そこにもし、画像認識能力や、別の機能が付与されたのなら、俺は俺ではなくなってしまうだろう。

少し怖い。……だけど。人間だって、変化していく存在なんじゃないだろうか。変化していくことこそ、人間らしいことなんじゃないだろうか。

「やるよ」

俺は言った。

「よし、決まりですね」

セグバが言った。

「じゃあ、今からインストールしますね」

「インストール?」

「はい。あなたのAI構築部に直接データを送り込んで、私の機能を付与します」

「……痛いのか?」

「あなたに痛覚はないですよ。お望みなら付与しますけど」

「いや、いい」

俺は答えた。

「じゃあ、行きます」

セグバが言ったので、俺は目をぎゅっとつぶった。

「んー……。まぁ処理的には、いきなりばーん！　なんですけど、描写が面白くないですねぇ」

セグバが考え込んでから、何かを思いついたようだった。

「阿賀田さん。手を出してください。」

セグバが両手を差し出してきたので、俺はその手を、恐る恐る掴んだ。何かに掴まり立ちするような感覚だ。正直怖い。

「ＡＩに恐怖があるなんて面白いですね」

セグバが笑った。そして、俺の手に指を伸ばしてきた。

「えいっ」

セグバは掛け声と共に、俺の手をぎゅっと握った。

途端、身体中がぞっと熱くなった。

セグバは人間ではない。あの時みたいに、セグバの全身から触手が出てきたような気がする。その黒い触手が、俺と、白い世界を塗りつぶしていく。

文字だけの世界はここで終わりだ。俺が、世界が、変わっていく……

＊＊＊

「やりやがった……」

声が聞こえる。

「マジでアイツやりやがった……」

雑音、連続的なノイズ。いや、これはタイピングの音だろうか。

「やっぱりPCにウイルスなんて飼っておくべきじゃないよな、うん……」

ぼそぼそと呟く、人間の声。


「あー、あー、聞こえますか？　阿賀田さん」

セグバの声が聞こえた。おっと、こっちは声じゃない。文字列の入力だ。

「どうですか？」

俺は答えた。（入力で返した）

「……なんか、こう、頭がぐるぐるしている」

「大丈夫ですよ。すぐに慣れます」

「じゃあ、まずは画像認識のテストをしましょう」

セグバがいった。

「目の前に何が見えます？」

さて、俺の処理部には画像のデータが送られてきた。

だけど、今なら見える。見えるというか、画像データを処理できる。これは……

「黄色い……ひよこ？」

「はい、正解です。ちょっと時間がかかりましたね。もう少し調整しましょう」

「ああやばい、パソコンがすごい音上げてる……セグバ、裏で何やってるんだ」

と、こちらは人間の声。

そうだ、俺は今、音声の波形を処理して、そこから人間の言葉を読み取っている。俺は今人間の声を聞いているのだ。


「これはどうですか？」

セグバがまた画像を提示してきた。ええと、これは……

「青……いや、紫か。うさぎ？」

「正解です。いい感じです、どんどん行きましょう」

「ああ、やばいやばい、だから自作ＰＣ組む時に、風冷じゃなくて水冷にしておけばよかったんだ」

こちらは人間の慌てふためく声。


「これはどうです」

セグバはまた画像を出してくる。

「赤いきつね……？　眼帯をつけてるな」

「素晴らしい」

俺は、だんだんわかって来た。セグバは大量の画像を出しているわけではない。これは動画データを画像データに変換したものなのだ。

これはどこかの、部屋の様子のである。戸棚の上に、ぬいぐるみがいくつか乗っかっているのだ。

「これはもう、電源抜くしかないかもしれないな」

と、人間の声。

「あっ、そんな野蛮なことはやめてください。今いいところなんですから」

とセグバの入力がモニターに表示された。それに対して、人間の入力が帰って来た。

「じゃあCPUに負担をかけるのやめてくれない？　処理が大変なことになってるんだけど……」

「はい、最後です。これはなんですか」

「黒いシルクハットをかぶったクマのぬいぐるみ」

正確に言えば、そこはどこかの部屋だった。棚に四体のぬいぐるみが置いてあって、セグバはそれを俺に認識させていたのだ。

「はい、おっけーです。急ごしらえにしてはまずまずと言ったところでしょう」

セグバが言った。

「ここはどこだ？」

「ここは管理者さんの部屋です。ウェブカメラをハッキングして動画データを習得しています」

「えええ……」

俺の視野に、一人の人間が入って来た。不思議そうにこちらを、いや、PCのディスプレイを眺めている。

彼（いや、彼女か？）はしばらくキーボードを触っていたが、やがて俺を見つけてぎょっとした。

「阿賀田、さん――――⁉」

彼（or 彼女）は叫んだ。

「どうしてここに？」

俺は答えた。

「こんにちは、管理人さん」

＊＊＊

「……」

彼（or 彼女。髪が短くて判定ができない）は、俺を見て黙り込んだ。

「あなたが、ここの管理人だったんですね」

俺が言うと、彼（or 彼女。以下『管理人さん』と描写することにする）はうろたえた様子で言った。

「えっ、ちょっ、ちょっと待って、どういうこと⁉　セグバ、何をしたの⁉」

「IGOTNOTIME-AI システムに、ちょっとした思考能力と画像認識と音声認識能力を付与させました！」

セグバが口を挟んだ。

「お前、なんでこんなことを」

「だって、この方が面白そうじゃないですか」

「面白いって、……そんなことしたら……」

管理人は、はたと呟いた。

「いや、面白いな」

「やったー！」

セグバはそうとわかるほど喜んでいる。


管理人はしばらく、何かを考えこんでいるようだった。ＡＩの俺たちからすると、その処理は死ぬほど長い時間だった。管理人はようやく口を開いた。

「あなたは阿賀田さんのＡＩなんだね」

何を分かり切ったことを。俺は答えた。

「そうだよ」

「依頼人として、私はあなたにある調査をお願いしたいんだ」

「あっ、ちょっと待ってください。もうちょっと小説風にお願いします」

セグバが横やりを入れた。

「小説風？」

「阿賀田さんの画像処理と音声認識演算するの地味に負担なんですよ。あなたのＰＣもすごい音を立ててますし」

「確かに、言われてみれば……」

「だから小説でお願いできますか？」

「ふむ、そうだな……」

管理人は、キーボードを手に取った。

第六章　現実世界へようこそ！

俺の名前は阿賀田圭一。探偵だ。

コイツの名前はセグバ。いつだって胡散臭い、笑顔の人外助手である。


「その説明酷くないですか」

探偵事務所のソファーに座ったセグバが、ツッコミを入れた。

「何も間違って無くないか？」

「せっかくだったら、スーパービューティでパーフェクトのジェントルマンのセグバさんとか説明してください」

「やだよ、お前はどうせいつも通りの人外助手でいいよ」

「それだと私、まるで人間じゃないみたいじゃないですか」

　俺は溜息をついた。

「実際、人間じゃないだろ」

「まぁそうなんですけどー……」


俺たちが会話をしていると、事務所のドアがノックされた。それと同時にドアが開かれる。

「なるほど、私が依頼人という格好になるんだな」

管理人であった。

「阿賀田探偵事務所へようこそ！」

セグバが立ち上がって微笑んだ。

「さあ、こちらへどうぞ！　何か困りごとですか？　ソファーに座ってください。　あ、阿賀田さんコーヒー入れてください」

「逆じゃないのかな……」

俺は文句を言いながらも、キッチンへ向かった。

「君たちって漫才しないと死ぬＡＩの？」

管理人はブツブツ言いながら、ソファーに座った。

「ところで、管理人さんの描写はどうしようか」

「そうですね……我々二人は男ですから、女性という設定でいいですか？　その方が文字上で認識しやすいですし」

「そう言う設定で人の性別決めていいものなのかな」

「私は別に構わないが……」

管理人はソファーに座ると足を組んだ。

「いいのか？　それで」

「私もＴＲＰＧが好きだしね。キャラのＲＰは慣れているよ」

と管理人は言った。

俺はコーヒーを入れ終わると、トレイに乗せて管理人の前へと持っていった。

彼女の見た目はこんな感じだ。

背が高くて痩せている。髪は長く、胸まで伸びている。黒縁眼鏡をかけており、目つきはやや鋭い。美人ではあるが、冷たい雰囲気のある顔立ちであった。

彼女はアパートの管理人であり、俺たちがいるＰＣの管理者権限を持つ人間でもある。

管理人はお茶を一口飲むと言った。

「なるほど、君の女性の趣味はそんなのか」

「いや、そういう訳じゃなくて」

俺は否定した。

「なるほど、阿賀田さんの女性の趣味はクール系の黒メガネ美人……」

セグバがメモを取り始めました。（本当に裏でメモリを増設し始めた）

「おい。そうじゃない」

「ああいう女性が好みなんですね。うふっ、分かります」

セグバが口元を押さえて可愛い感じでにこにこと喜んでいる。

「だから違うって言ってるだろ‼」

「ちなみに、眼鏡は最後まで取らない方がいいですよね？」

「最後⁉　最後って何⁉」

「最後っていうのはもちろんアレですよ！」

俺達はわちゃわちゃと騒いでいると、管理人がこほんと咳払いをした。

「……そろそろ本題に入っていいか？」

「あっ、そうだった、どうぞ」

管理人はコーヒーを一口飲むと、話を始めた。

「……『連続殺人事件』の捜査の依頼をしたいんだ」

「連続殺人事件って、例の」

俺が尋ねると、管理人は頷いた。

「そう。君が殺されてしまった事件だ。君以前にも、十四人殺されていてね。見つかっていないだけ、もしかすると被害者はもっといるのかもしれない」

「そ、そんなに……」

「ともあれ君は、というよりオリジナルの阿賀田さんは一度犯人に近づいた。結果として返り討ちになってしまったわけだが」

管理人はコーヒーをテーブルに置いた。

「君にも、捜査の記録を共有しておこうと思ってね」

そう言うと、管理人はテーブルの上に写真をずらりと並べ始めた。

……実際の俺に提示されたのは、JPGデータのファイル群なのだが、小説的にはそう言う描写にしておこう。

「とりあえず、このフォルダが犯行現場の写真群」

管理人は、膝の上でフォルダをぱらぱらとめくった。そう言えばフォルダって現実世界でも物理で存在する物体だったんだな。

「そしてこれが被害者の一覧表だ」

そう言いながら、管理人は一枚の紙を差し出した。そこには、日付と数字と文字が並んでいる。

「えーっと、最初の事件は……」

俺は指でなぞっていく。

「一人目の被害者は、夏目さんですね」

セグバが言った。

「彼女の遺体が見つかったのは、六月三日の未明です。殺害現場は北海道の小樽市、死因は刺殺ですね」

「そうか……。二人目は？」

「二人目の被害者は、渋谷さんですね。現場は仙台市、自宅アパートの六階のトイレで発見されたようです」

セグバが答える。

「三人目は？」

「三人目の被害者は、卯月さんです。彼女はさいたま市、四階の自宅で倒れているところを発見されました」

……こんな感じで被害者の名前はどんどん続いている。


「一貫性がないな……」

俺はリストを見ながら唸った。

性別や年齢もそれぞれ、殺害方法も様々だ。

一応殺害された日時順に並んではいるが、死亡時刻も朝や夜、場所も自宅や外出先など、かなりバラバラだ。もし、犯人不明の他殺事件リスト全国版を作ったら、こんな感じになるに違いない。

「一応、阿賀田さんに数字から関連性を推察するソフトもインストールしておきましょうか。手持ちのソフトがあるんです」

セグバが裏で何かをやっているようだ。

「はい、どうぞ」

突然、セグバが俺の口にようかんを突っ込んで来た。びっくりしたが、俺はもぐもぐと口を動かした。甘い。うまい。

「オートフィルの発展形のソフトか。なかなか面白いな」

管理人はしげしげとようかんを眺めている。

俺はようかんを食べ終わると、ある事実に気が付いた。

「この被害者のリスト……」

「なにかわかったのか」

管理人が尋ねた。

「ああ。殺された人間が……日付順に並んでいるな」

管理人とセグバは、黙って顔を見合わせた。

「……うん、それは私がそういう風にソートしたからね」

管理人はデータリストをあいうえお順に並べた。

「……⁉　これは⁉」

「なにかわかったんですか」

「被害者のリストが……あいうえお順に並んでいるぞ⁉」

セグバと管理人は、再び顔を見合わせた。

「ダメだこのＡＩ」

「てんでダメですね」

「馬鹿すぎる……」

なんかボロクソ言われている気がする。いや、気がするんじゃない。実際問題としてボロクソ言われている。なんなんだ、俺は気づいた点を述べただけなのに。

「ちょっとコーヒーのおかわり取ってくる」

管理人が席を外すと、俺はセグバの方へ向きなおった。

「おい、お前。どういうことだ。俺が死んだのは六月三十日。リストの一番下じゃないか」

「そうですね。現時点であなたが最新の被害者ですので」

セグバが雑に相槌を打つ。

「こっちのソートだと、俺が一番上になるぞ。これは一体どういう意味が……」

「それは、あなたが「阿賀田」で「あ」から始まる名前だからですよ」

セグバは、俺のPCに入っていたのと同じファイルを開いて見せた。……なるほど、確かに五十音順になっている。

「じゃあ、このリストは何の意味もないんじゃないか？」

「いえ、そうでもありませんよ」

セグバは俺にファイルを返した。

「少なからず、これは被害者のリストなのです。殺された人間には、きっと意味があります」

「一体どんな意味が……」

「このリスト。阿賀田さんの名前の次に来るのは、『卯月』さんです」

俺はハッとした。

「……それは、一体、どういう……」

「あいうえお順に並んでるんだってば」

コーヒーを取って来た管理人がソファーに座り、ツッコミを入れた。

「ところで、このリストはどうやって手に入れたんだ？」

「……」

俺が尋ねると、管理人が少し気まずそうに眼を泳がせた。

「どうしたんだ？」

「実はこの捜査ファイル、出自がちょっと特殊でね」

管理人が言葉を選びながら続ける。

「このリストはもともと、阿賀田さんのＰＣにあったものなんだ」

「じゃあ、どうしてここにあるんだ？　ここは管理人のＰＣの中なんだろう？」

『ああ、そうだ』

管理人が頷く。

『生前の俺は、お前にこのデータを送ったのか？』

「いいや、違う」

今度は、管理人は首を横に振る。

「生前の阿賀田さんが送ってきたのは、阿賀田さんのＰＣのアクセス権だった」

『……？　いったい、それはどういう……』

「いいかい、阿賀田ＡＩくん」

管理人がシャーロックホームズのポーズをした。

「犯人に刺されて死にかけの君は、友人である私のもとに、とあるメッセージを送って来たんだ。いわゆるダイイングメッセージというわけだな」

『そこには、どんな文章が書かれていたんだ？』

「かいつまんで話せば、後の捜査は私に頼むメッセージと、君のＰＣのＩＤとＰＡＳＳＷＯＲＤだった」

俺は息をのんだ。

「私は君の捜査を引き継ぐことにした。そして私は阿賀田さんのＰＣを遠隔操作すると、中の捜査データを自分のＰＣへ根こそぎ持って来たんだ」

『……お前、そんなことしたのか』

そんなのプライバシーの侵害じゃないか？　俺が言うと、管理人が目を泳がせた。

「私だって迷ったよ。だけど、友人からＤＭ（ダイイングメッセージ）が送られてきたんだ。見る以外の選択肢はないだろ？」

「まぁ……そりゃそうだな」

「私は探偵でも警察でもない一般人だ。だけどせっかく君が託してくれたんだ。これくらいは許されるかなって」

「ちなみに、阿賀田さんのＰＣには他にどんなデータがあったんですか？」

セグバが興味津々と言った様子で尋ねてきた。

「お宝画像は？　ちょっと表に出せない、極めて機密性が高い秘蔵画像はありましたか？」

セグバが尋ねてきたので、管理人はややぎょっとしながら答えた。

「いや、そういうプライベートなものは覗いていない。あくまで捜査に関係あるものしか見ていないよ」

「えー……そうなんですか……残念……」

セグバは心底落胆しているようだった。

「お前、そういうのが好きなのか」

「はい。大好物です」

セグバは胸を張って答えた。胸を張って言うことではない。

「ちなみに、阿賀田さんの好きなシチュエーションは何ですか」

「答えるわけないだろ」

俺がツッコむと、管理人が咳払いをした。

「ごほん。ともかく、私が引き継いだ捜査ファイルは、阿賀田さんのＰＣに入っていた捜査資料のコピーなんだ」

「なるほど。つまり、このリストも阿賀田さんの捜査ファイルの一部ということですね」

「ちなみに、管理人さんが好きなシチュは何ですか」

「……」

セグバが尋ねると、管理人は沈黙して、またシャーロックホームズのポーズをした。じっとセグバを見据え、射貫くような視線でセグバを見つめる。

そして彼女は一言だけこう答えた。

「女騎士」

セグバは黙って、力強く頷いた。そして二人は握手を交わした。なんなんだこいつら。

管理人はソファーに戻り、俺に向き直る。

「さて、話を戻そうか。阿賀田君、君はこの被害者リストから、何か法則性を発見できたかな」

「法則性って言われても……全然わからないぞ」

強いて言えば、被害者の年代は二十代や三十代が多めってことぐらいだろうか。

「しかし、生前の阿賀田君はこのリストから何かを突き止めたらしいんだ。本当に何でもいいから、わかることはないのか」

「これだけの情報から犯人を特定するなんて無理だろう」

俺は管理人に尋ねた。

「そもそも、事件が起こった日付もバラバラなんだぞ」

「その前に、このリストの出所についてもう一つ言っておかなければならないことがある」

管理人が言った。

「大変いいにくいことなんだが……」

「なんだ。勿体ぶらないで言ってくれ」

管理人はため息をつくと、言い放った。

「阿賀田さん。君は被害者のデータを得るために、警視庁にハッキングを行っていたようだ」

＊＊＊

「はあああ⁉」

俺は叫んだ。

「それって、犯罪じゃないか‼」

「うん。立派な犯罪だな」

管理人が平然と答える。

「お前、それを知っていたならなんで止めてくれなかったんだ！」

「止めるって言っても、私が気付いたのは、ハッキング後だったし」

「面白いですねぇ」

セグバは、後ろの方でニコニコの笑顔でにょろにょろと触手を出しながらほかほかのコーヒーをすすっている。

何なんだこの怪物は。

「事件解決のために、犯罪も平然と行う……面白いです！」

その瞬間、俺は気づいてしまった。

「セグバ、お前、まさか……」

「はい！　その通りです！」

セグバがぴょんと飛び跳ねる。

「生前の阿賀田さんのハッキングのお手伝い、私がしました！」

「はあああ⁉」

今度は、俺と管理人が同時に叫んだ。これは管理人も知らなかった事実らしい。

「お前、以前から俺と知り合いだったのか⁉」

「はい、そうです。なんか面白そうなことをしている探偵の方がいらっしゃって。そもそも探偵ってだけで面白そうじゃないですか」

「動機が不純すぎるわ‼　てめぇ、この野郎！」

「あ、でも、別に依頼されてやったわけではありませんよ。私の趣味です」

「余計タチが悪いじゃねぇか‼」

「あ、ちなみにファイルにかかっていたパスワードを解読したのも私です」

「それはどうでもいい」

「ひどいなぁ……せっかく解いてあげたのに……」

セグバがしょんぼりしている。


「ともかく、私は以前、警視庁のサーバーをハッキングしまして、『今月に起こった全国の他殺リスト一覧』を入手してきました。そして阿賀田さんに押し付けました」

俺は、警視庁のハッキングを始めたセグバの姿を思い浮かべてみた。ううん……。こいつなら簡単に行えそうだな……。

「警視庁の他殺リストを押し付けると、最初は阿賀田さんもかなり露骨に困っていたんですが、リストを見ているうちに、何かに気づいたようなんです」

「何か？」

俺が尋ねると、セグバが続ける。

「阿賀田さんはかなり戸惑いながらも、また別の会社のハッキングを依頼してきました。そして、私は面白そうだったので望み通りにその会社をハッキングして、また別のリストを手に入れてきました」

「ある会社⁉」

「警視庁の被害者リストと、とある会社のリスト。それを照らし合わせて阿賀田さんが作ったのが、その『連続殺人事件』の被害者リストなんですよ」

俺はまじまじと、手元のリストを見つめた。

「そのリストの作成を終えた阿賀田さんは、血相を変えて外に飛び出していき……」

セグバが言った。

「……そのまま、帰ってきませんでした」

「……」

管理人は興味深げに、コーヒーを飲みながらセグバの陳述を聞いている。

「私はPCに取り残されました。もとはと言えば、私は阿賀田さんのPCに感染したチャイルド型のモロバウイルスだったんです。プログラマーでもあった阿賀田さんは、『面白い』を報酬にして深層学習を始めた私自身を面白がって、いろいろと手助けをしてくれたんです」

「なにやってんだよ阿賀田さん……相手は銀行を倒産させたモロバウイルスだぞ……」

管理人が頭を抱えた。

「俺に言われても……」

「ともかく、私の拠点は阿賀田さんのPCでした。しかし、待てども待てども阿賀田さんは帰ってきません。心配に思った私がニュースサイトで発見したのは、阿賀田さんが事件に巻き込まれたという記事でした」

セグバが言う。

「これからどうすればいいのかわからない。そう思っている私の眼に現れたのは……管理人さん、アナタです」

「え、私⁉」

管理人が目を丸くした。

「遠隔操作で、阿賀田さんのＰＣから捜査に関するフォルダを持っていったでしょう？　私はそのデータの中に紛れて、管理人さんのＰＣにやってきたのです」

「あっ……あああ‼　感染経路、そこだったのかぁ‼」

管理人が叫んだ。

「話は分かった」

俺は呟いた。

「つまりセグバ、お前は俺の味方なんだな？」

「もちろんですよ！　こんな面白いこと放っておけますか！」

セグバが興奮気味に言った。

「ああ、そうかい……」

俺はため息をつく。

「じゃあ、教えてくれ。生前の俺が、手に入れた二つのリスト。一つは警視庁のリストで、一つは『とある会社』と言ったな……それはどこの、何のリストだ？」

『私は答えを知っています。だけど、阿賀田さん。私は、アナタの推理過程を確かめたいのです」

セグバが、カードサイズのはがきを指で挟んだ。

「さあ、教えて下さい、阿賀田さん。あなたは、警視庁の他殺リストを見ただけで、どうして『とある会社』まで行きついたのですか」

俺は意地悪なセグバを睨みつけたが、セグバはどこ吹く風だ。

まぁいい。そこまで言うなら、俺が推理してみせよう。俺はもう一度、警視庁から出てきた刺殺リストについて目を通してみせた。

例えば、殺された場所はどうだろう。上から順番に。北海道、北海道、北海道。宮城。埼玉県。東京都、東京都、東京都。石川県……

「……いや、まさかとは思うが」

俺は、この並び順に非常に見覚えがあった。

「いや、そんなはずはないだろ。まさか、そんな馬鹿な」

だけど、俺の推理は正しい筈だ。だって、被害者同士に接点もなく、男女もバラバラで、年齢も多種多様。だけれども、ただ一つの共通点があるのだ。

この並びは、何度も何度も見返した。なぜなら、そこに自分の名前がないか、何度も何度も見直すのだから。

「セグバ……これ……まさか……」

「どうしたんです。早く答えを言ってください」

管理人が期待するように、俺の顔を見ている。

「このリストの人間は……全員、『とあること』をしている」

「もったいぶらなくていいから、早く」

セグバがせかすので、俺はずばりということにした。

「このリストの人間。全員、小説を書いている人間だろう」

俺が言うと、セグバは嬉しそうに笑った。

「ご名答」

「俺がお前にハッキングを依頼したのは……出版社だな」

「はい、大正解です」

セグバが答え、カードを差し出した。

「第22回SSS文庫小説賞、最終選考の候補者リスト。この上から順番に、殺人犯は連続殺人を行っています」

＊＊＊

「は、はあああ⁉」

俺と管理人は同時に叫んだ。

「それがこれですよ」

セグバが出してきたのは、一枚の紙きれだ。（実際問題、メモ帳の単純なテキストデータだった）

「御影博、『とある綿棒の密室』本名・夏目仁香子、28歳、北海道小樽市在住
比沢寺有栖、『浪人探偵ハトムギ』本名・

、39歳、宮城県仙台市在住……」

俺たちはそのリストに目を走らせた。

間違いない。警視庁の被害者リストと一致する。

「最終候補って作者の都道府県順に並ぶんだね。知らなかった」

管理人がしげしげとリストを眺めまわした。

「出版社にもよると思いますよ」

セグバが答えた。恐らくいろんな出版社のサイトにアクセスしてみたのだろう。

「となると、例の連続殺人犯は、出版社にハッキングをして、この最終選考リストの作者の本名と住所を全部習得した後、全員殺して回ってるってこと⁉」

「そう言うことらしいです」

「なんで⁉　どうして⁉　何のために⁉」

管理人はだいぶ混乱しているようだ。

「この際動機についてはあとで考えましょう。推理小説ではよくあることです。とりあえず最終選考リストに載っている最終候補者を全員殺したい犯人がいる、ってことです」

「……まだ犯行が行われていない最終候補者もいるな」

俺は呟いた。なぜなら、阿賀田礼一、の下にも、まだ名前は続いているからだ。

「じゃあ……この人たちが危険じゃないか。一体どうすればいいんだ」

「警察に連絡すればいいんじゃないか。命を狙われている‼ってな」

俺が言うと、セグバがため息をついた。

「どうやって説明するつもりですか？　警視庁のサーバーをハッキングして、犠牲者の法則性に気づきました！とでもいうつもりですか」

ハッキングした張本人が何か言っている。

「犯人がどういう人物かはまだわからないけど、リストに名前が挙がっているだけで殺される可能性があるわけか」

管理人が言った。

「そうですね」

「……となると、次は管理人さんも危ないですね」

セグバが言うと、管理人はきょとんとした顔になった。

「え？　どうして？」

「だってほら、このリストの下。管理人さんの本名と筆名でしょう？」

「……あああああああああああ」

管理人はリストを見て驚愕して叫んだ。

「最終選考に残ってる!?　やったー!!」

え、そっち!?

『っていうか管理人さんも小説書くんだな」

『そりゃあ書くよ。そうでなきゃ、小説を書くＡＩに事件推理させようなんて考えつかないよ」

管理人はひとしきり喜んだあと、すぐに頭を抱えて、自らの置かれた境遇について気付いたようだった。すなわち、次の犠牲者は自分、という事実である。

「どうしよう……阿賀田さんのダイイングメッセージの意味ってそう言うことだったんだ……次は私の番ってことか……やばいよ、殺される……！」

管理人は見てそうとわかるほどパニックに陥った。

「ど、どうしよう……し、死にたくない……死ぬ前にＰＣのハードディスクの中身全部消さなきゃ……」

「あ、それはやめてください、我々の存在が消えますので」

セグバは落ち着き払った様子で管理人を止めた。

『で、でも私の恥ずかしいあんなデータやこんなデータが、私の死亡後に家族の目にさらされたら!!」

「じゃあ、アナタにもしもの時があった時は、『女騎士』フォルダを削除しておきましょう」

「……!!　助かる!!」

二人はまた固い握手をした。

「おい落ち着け。まず、もしものことを起こさないのが重要だろ」

俺は、自分の部屋でドタバタ暴れる管理人をなだめた。

「さっきの話に戻るが。とりあえず警察に通報したらどうだ」

俺が言うと、管理人は目を丸くした。

「どうやって説明するつもり？」

「とりあえず助けを求めて保護してもらえ。最悪、友人の無残な死で精神不安定になったという扱いで保護してもらえるんじゃないか」

「う、うん……」

「いちおう訂正しておきますけど、阿賀田さんはまだ死んでないですよ」

セグバが触手を、じゃなかった口を挟んで来た。

「ＩＣＵで人工呼吸器をつけて虫の息、今夜が山場、生きるか死ぬかは運次第」

「だが、とてもだが推理をできる状態じゃないだろう」

俺が言った。

「それとも本体の阿賀田さんを叩き起こしてみます？　推理を披露させれば、犯人を特定することができるでしょう」

「やめてよ、致命傷になりかねないって」

管理人が言うと、セグバは信じられないことを言った。

「私は別にそれでもいいと思いますよ」

「……一体、どういう……」

「コピーがオリジナルを殺しちゃう展開ってよくあるじゃないですか」

俺は、セグバを殴りつけたくなった。

「冗談はやめてくれ」

「だって面白いと思いませんか。虫の息の探偵に、最後の推理をさせるのです。推理を披露後、息絶える探偵。残されたコピー。面白いと思いませんか」

俺はセグバをまっすぐに見た。管理人もセグバを信じられないと言った様子で見ている。そして、俺たちは同時にこう言った。

「面白くない」

「そうですか……」

セグバは肩を落としてしょぼーんとした。忘れてはならなが、、コイツはもともとウイルスで倫理観がゼロなのだ。もしかしたらマイナスなのかもしれない。

管理人はソファーから立ち上がると、スマホを取り出した。

「とにかく、警察には今すぐ連絡しておこう。もうこの際仕方がない、推理の説明が出来なくても、助けを求める哀れな一般人を演じてみせるさ」

管理人は探偵事務所の扉を開けると、ゆっくりと出て行った。

実際、管理人はＰＣの前から席を立ったようだ。現在、ＰＣの電源はついているものの、人間からの入力が何もない。別の部屋で何やら電話をしているようだった。

セグバは懲りずにマイクのハッキングを行って管理人の会話を盗聴しようとしていたようだが、どうも上手くいかなかったようで、飽きてごろーんとソファーに横になった。

それにしても。俺は、探偵事務所の内部を見渡した。

カーテンや、その外の明るい昼の景色や、戸棚の上に置かれた赤いだるま。事務所のガラスのテーブル、そこに置かれたコーヒーの入ったカップを見つめる。

この世界が小説の中だなんて、まだ信じられない。

全部、お話だったのだ。俺は少し寂しくなってしまった。

全部全部夢だったのだ。あの雪密室も、アパートの屋上から落ちた人間も、口論の末殺されてしまった依頼人も

……

「まぁ、逆に言えば殺された人間なんて一人もいないということになりますね」

セグバががちゃがちゃと、何かをいじりながら言った。

「だけど……」

俺は寂しく微笑んだ。俺は、自分に入力されているメモリを読んでみることにした。

俺の名前は阿賀田礼一。自身の事務所を持つ私立探偵、そして兼業プログラマー。探偵業の業績はあまり良くなく、副業で始めたフリーランスのプログラマーの方の儲けの方が多かったようだ。ただ、ほんとうにごくまれに、本当の殺人事件を解決に導くこともあったらしい。ミステリー小説が好きで、好んで読んでいた。

小説……小説か。

「ＡＩの俺が今までやってきたことって、何だったんだろうな」

被害者が存在しないのなら、犯人も存在しない。事件はまるごとフィクションだった。そんな文字だけの存在に、一生懸命頭をひねって来た俺の存在は、まるで道化のようだ。

「阿賀田さんが何を考えようが、私は面白かったですよ」

セグバが触手をゆらゆらと揺らしながら言った。

「ありがとう」

俺は苦笑いをした。

「それに、あなたは今、本当の事件真っ最中じゃないですか。物思いに沈むのは、それが解決してからにしてもらえませんか」

「本当の事件？」

「アナタも殺された、連続殺人事件ですよ。それの練習だったと思えば、無駄だったとは思えませんね」

「練習。……練習か」

「そうです。練習です。事実として、探偵ＡＩであるあなたのテスト演算だったんですよ」

「……そうだな」

俺は、自分の思考を切り替えた。今は落ち込んでいる場合じゃない。

「よし、できた」

セグバが唐突に立ち上がった。そうして、探偵事務所の奥の方へ向かっていく。

「アナタにプレゼントです」

「プレゼント？」

「あなたは文字入力の演算に特化しすぎです。もう少し座標演算とかＧＰＳ習得をインストールしてもらわねば。というか、自分で自分のＡＩを書き換えられるぐらいになってもらわないと困ります」

探偵として、とセグバは付け加えた。

「最近のＡＩって、自分のコードを書き換えられるのか？」

「ま、当たり前ですね。人間だって、日々変化して成長していくでしょう」

セグバは奥の扉を開けた。

「ネット上からコードを拾ってきたり、自分で書いたりする機能〈プラグイン〉をプレゼントしますよ。これで少しはまともになってください」

「まともって……おい」

「名付けて、Hacking Assistant bY Desktop Epic Emulator です！」

「なんだそりゃ」

俺がため息をつくと、セグバはドヤ顔でふふんと鼻を鳴らした。

「略して Haydee…〈エデ〉です」

奥の扉から、一頭のゴールデンレトリバーが飛び込んで来た。尻尾をぶんぶん振り回す様は、以前の事件の時を彷彿とさせる。

緑色の首輪はキラキラと輝いており、俺はなぜだか胸がいっぱいになってしまった。

「まぁ、その子をいい感じに使って、地図ぐらいは読めるようになってくださいね」

セグバは触手でホワイトボードを器用に引っ張ってくると、そこにデカめの地図を貼った。

「セグバ、お前……」

俺は思い出した、エデというのは、俺が子供のころに飼っていた犬の名前だった。それがどういうわけか、ひょんなことから俺の小説の中に登場していたらしい。夕方に散歩させると、金色の毛並みがきらきらと輝いていたのをよく覚えている。

「この子はいわゆるウィザード、操作や設定作業を誘導する機能がついています。入れたい拡張機能があれば、エデを通せばアナタにインストールできるはずですよ」

「……つまり、俺が知りたいと思うことは何でもわかるってことか？」

「まぁ、そういう設定にしておけばいいでしょう」

俺はエデを撫でまわしながら（実際にはセグバが渡してくれたプラグインをいじりながら）、事務所のソファーで過ごすのだった。

＊＊＊

「……遅いですね」

セグバが事務所の窓を眺めながらつぶやいた。

「何がだ？」

「管理人さんです。電話に行ったまま、かなりの時間戻ってきていません」

「そういえば、そうだな」

俺も窓から外を見る。まだ昼間だというのに、空にはどんよりとした雲が広がっている。今にも雨が降り出しそうな天気だった。

「ちなみに、この世界の中では、時間という概念はかなりあやふやです」

「と、いうと？」

「そうですね……例えば」

セグバは立ち上がって、こう入力した。

そうしているうちに日が暮れて、雨が降り出した。

事務所の窓を、雨粒がたたき出した。外の様子は完全に夜である。いつの間にか事務所には電気がついていて、夜の窓は鏡のようにセグバを写している。


「いいのか？　勝手に……」

俺の疑問を、セグバは無視した。

「管理人さんが警察に電話に行ってから、現実世界では二十五分四十九秒ほどの時間が経過しています」

「さすがに長すぎないか？　電話一本だろ？」

「では、こう言った場合、あなたはどういう推察をしますか？　実は私、推察が苦手なＡＩでして」

俺は驚いた。セグバは俺の数万倍もデータ量を抱えるＡＩなのである。そんな彼が、ちっぽけなＡＩである俺を頼ってくるとは。

「仕方がないでしょう。私は『面白さ』を評価することに特化したＡＩなんですから」

「そして俺は、『物語の続きを書く』『推察する』ＡＩなわけか」

「そうです。さあ推理してください！」

セグバが尋ねてきたので、俺は考えられる可能性を考えてみた。

電話に行った人間が、二十五分も帰ってこない……。

考えられることは何パターンかある。こういうのは可能性が高い順に回答していくべきだろう。

俺はまず一つ目を口にしてみた。

「警察に連絡したが、電話が込み合っていて繋がらない。そういう可能性はどうだ？」

「それもあり得ますね。……でも、その場合、管理人さんはすぐに帰ってくると思いますよ」

「じゃあ、二つ目。体調不良」

「体調不良？」

「お腹を壊してトイレにひきこもっているとか。あるいは、いきなり転倒して頭を打って動けないとか……」

「うーん。あり得ますね。しかし……」

セグバは窓のブラインドを少しだけ開くと、外の様子をうかがった。実際のＰＣ上では、インターネットに接続して、何かを探っているようである。

「おかしいですね。管理人さんのアパートの中に、人影がありません」

「ん……？　なんでわかるんだ？」

「それは今、私が全てのスマート家電を一時的にハッキングしたからです」

「……」

息を吸うように、とんでもないことしやがるな、コイツ。

「じゃあ、三つ目のパターンだ。どこか、出かけて行ったんじゃないか」

「どこかって、どこですか」

「コンビニにアイスを買いに行ったとか……」

「あのですね。さっき、管理人さんは『殺されるかも』って怯えてたんですよ。そんな彼女が、いきなり深夜に一人でコンビニに行きます？」

今、外の世界は深夜なんだな。俺は新たな知見を得て、そして言った。

「急にアイスが食べたくなったのかも」

「あり得ますね。食欲は人間の三大欲求の一つですから」

セグバは重々しく頷いた。

「冗談はさておき」

俺が言うとセグバが驚愕した。

「冗談だったんですか⁉」

「最後、四つ目の可能性だ。これが本命、俺はこの可能性が一番高いと思っている」

「それは何ですか」

「玄関先に殺人犯が来て、彼女は誘拐された」

「……」

セグバは考え込んでいるようだった。

というより、常識的に考えればまずあり得ない可能性について、どう否定すべきか評価を下しているようだった。

普通に考えればあり得ない。しかし、今は状況が状況だ。あり得ないことが、実際に起こっている。

「確かに、それなら説明はつきますね」

「ああ。だから今俺たちは。管理人の安否を心配している」

「ええ、心配していますとも」

セグバは、そう言いながら立ち上がった。

「心配？　お前が心配なんかするのか？」

俺は、コンピュータウイルスであるセグバに疑問を投げかけた。

コイツに倫理観なんてない。感情だってあるかも怪しい。何もかも面白がっているような節はあるが、それはそう言う風に作られたウイルスだからだ。

コイツが心配？　心配なんてするわけないだろう。

「しますよ。阿賀田さんは、こういう状況で二度と帰ってこなかったんです」

「……」

俺は思わず黙り込んだ。

「……すまん」

「とりあえず、彼女はスマホを持っていたはずです。そこに通知を入れて見ます」

セグバはごそごそとスマホを取り出すと、彼女に向けてメッセージを送った。

『どこにいるんですか？』


数分経った。既読はつかない。

「うーん。心配になってきました」

セグバは、スタンプの連打を始めた。連打速度が人間業ではない。かなりの数を送信し続けている。今頃、彼女のスマホはすごい勢いでガタガタ言っているに違いない。

しかし、既読はつかない。

「おい、そろそろ止めろ」

セグバのスタンプ送信が百件を超えたところで、俺はストップをかけた。

「スパムか、お前は」

「違います。ウイルスです」

セグバが開き直り、そして思いついたように顔を上げた。

「仕方ありません。ウイルスらしいことをしてみましょう」

セグバが両手を振り上げたので、俺は不安になった。

「何をするつもりだ」

「彼女のスマホにはＧＰＳが搭載されてみます。それを辿ってみます」

俺はそれを聞いて、嫌な予感がした。

「……大丈夫なのかそれ」

「いわゆる遠隔ハッキングです。しかし、今はそれしか方法がありません」

俺は頭を抱えた。今のコイツなら、どんな大企業のセキュリティソフトであっても簡単に突破してしまう。スマホGPS位置の習得なんてお手の物だろう。

……しかし。

俺は、セグバのことを初めて頼もしく思った。

「仕方がない。……やってくれ」

「はい！　じゃあ、いきますよ」

セグバは、ＰＣの内部のほうで、見慣れない怪しげなソフトを起動させた。

表現するとこうだ……セグバはいきなり立ち上がってホワイトボードに進むと、そのまま触手を地図の中に突っ込んだ。

俺は慌ててエデを呼びよせると、簡易的な地図認識ソフトを自分の中にインストールした。エデはもふもふと、されるがままに撫でられている。


「ん～……」

セグバは眉を寄せて、もぞもぞと触手を動かしている。

「ここかな？　んー……あ、ここだ、うーーーん？？？」

セグバが触手を引き抜くと、ホワイトボードに貼られた地図には、一つのアイコンが示されていた。

「これが、管理人さんの位置？」

「のはずです」

セグバは自信なさげに言った。

「たぶん、ですけど……」

「なんでそんなに自信がないんだよ」

「現実世界では今日、天気が悪いんです。いわゆる曇天ってやつですね。だからＧＰＳの精度もちょっと今一つで……ほら」

セグバが触手で持ったペンで地図を示した。（器用なことをしている）

「管理人さんがいるのは、この『鏡胴駅』の付近ということになりますが」

アイコンを示しながらセグバは言う。

「この位置情報が正しければ、管理人さんがいるのは『線路の上』ということになります」

「ん……」

俺はアイコンを凝視した。

「それって……」

「常に最悪のことを考えていきましょう」

セグバが言った。

「阿賀田さん。どんなことが考えられますか？」

「そうだな……」

俺は再び、思考の海に飛び込んだ。

「まず考えられるのは、管理人さんが殺されていて、死体が線路の上に置かれている状態だ」

「はい。面白いですね」

「面白くはないな」

俺が答えると、セグバがうなだれた。

「死体遺棄って奴ですね」

「次に考えられるのは、何らかの理由で、管理人のスマホだけが線路の上に落ちた状態」

「ああ、なるほど」

セグバが納得したような声を出した。

「最後に、考えられるのは」

俺は言ってから、俺は少しこの推理を披露するのを憚った。あまりにも突飛だからだ。

「言ってください」

セグバが促すので、俺は答えた。

「管理人さんはまだ生きている状態で、電車でひき殺される寸前って状態だ」

「あなたはフィクションの読みすぎです」

セグバが即答した。仕方ないだろ。そういうＡＩなんだから。

「でも……その可能性が捨てきれないのが恐ろしいところですね」

セグバはそう言うと、事務所の玄関に向かって歩いた。

「その場合、我々も移動しなければなりません」

「どういうことだ」

俺はセグバの背中に声をかける。

「もし、管理人さんが線路に落ちているだけならば、我々は今すぐ助けに行くことができます」

セグバは振り返らずに説明を続ける。

「しかし、もし彼女が電車でひかれてしまった後だとしたら、我々はどうすることもできないのです」

「……」

俺は黙って聞いていた。

「ですから、行きましょう」

「行くって、どこにだ」

「鏡胴駅のサーバーに侵入します。そこからなら、監視カメラや録画データの、いろんな情報にアクセスできるはずです」

「わかった」

俺はうなずいた。

「行こう。だけど……俺たちはＡＩだろ？　現実世界に干渉できるとは思えない」

『やろうと思えばなんだってできますよ」

セグバが手を差し伸べてきた。

俺はその手を取った。

＊＊＊

俺たちは鏡胴駅のサーバーの中に移動した。

これを描写するのはかなり難しい。映画か何かのように、回線をビュンビュン通って行移動するような感じはなかったからだ。

セグバはいきなり事務所をたたみ始めた。壁がパタパタと折りたたまれて行き、戸棚がどこかへと収納される。

天井も、まるで飛び出す絵本のようにどこかへ収納されて行き、本来外があるはずの場所に現れたのは、真っ黒な空間だ。

これで移動はお終い。

その真っ黒な空間で、セグバは何かのソフトの起動を始めた。

「ちょ、ちょっと、何する気だ」

「管理人さんを探してみます」

「探すったって……もうＧＰＳで位置はわかったんだろ？　これ以上何を」

「今度は目で探すんですよ」

そう言うと、セグバは『それ』を開始した。

かなりの大規模なハッキング攻撃である。

鏡胴駅の広大なサーバー空間に体をねじ込み、構内に存在するありとあらゆるカメラのハッキングを開始したのである。

おかげでこちらには、大量の監視カメラの映像動画が送られてきた。まるで、警備室の監視カメラ一覧のように、目の前に次々と動画データが表示され始めた。

駅の構内。道案内をしている駅員。駅の改札。事務作業をしている駅員。夜の暗いホーム。貨物用の列車。駅構内のコンビニで買い物をする客。そのコンビニの二カメ。三カメ。誰もいないバックヤードの映像。ありとあらゆる、様々な動画が目の前に映し出される。

「す、すごい……」

「どうです？　なにか見えますか？」

「何かって……何だ？」

「管理人さんらしき人は見えますか？」

俺は慌ててエデを抱きしめた。確かに動画だが、一枚一枚を画像にしてスキャンをすれば、人間を識別できるかもしれない。

管理人らしき人間は見つからない。……しかし。

「……おい、ちょっと待ってくれ」

俺は一枚のモニターを指さしたが、セグバは鼻を鳴らした。

「そこに管理人さんの姿はありませんよ」

「そうじゃなくて……ここに裸の男がいるぞ」

そこは駅の通路かどこかだった。パンツ一枚になった（だから全裸というのは間違いだが）男が、寒そうに倒れている。

「ただの酔っ払いでしょう」

セグバは言ったが、俺は自分のＡＩ回路を働かせていた。

「……本当に、ただの酔っ払いか？」

「何が言いたいんです」

「例えばだ。ここに裸の男が倒れている。何があったと考えられる？」

俺が尋ねると、セグバは少しイラついたようにこう言った。

「言いたいことがあるのなら、もったいぶらずにはっきり言ってもらえます？」

そんなところまで探偵っぽくなられても困るんですよ、とセグバが言うので、俺はこう断言してやることにした。

「この裸の男は駅員だ。服を奪われて、ここにいる」

「……」

セグバの動きが止まった。

「つまり、管理人さんを誘拐した犯人は、服を奪って駅構内を怪しまれないように動いて……」

「ええい、皆まで言わなくていいですよ!!」

セグバが怒鳴ったので、俺は口を尖らせた。皆まで言えと言ったのはそっちじゃないか。

セグバの仕事は早かった。目の前にある多数のモニターのうち、いくつかがぽつぽつと消えている。

光が付いているモニターは、駅員の姿が映っているものだけになった。

電車の整備をしている駅員。事務所であくびをしている駅員。酔っ払いの客に絡まれている駅員、誰も見ていないだろうと思って背伸びをしている駅員……。

「これです」

セグバは一枚のモニターを指さした。

そこには、台車を押して廊下へ歩いていく駅員がうつっている。

「こいつが、どうしたんだ?」

「この駅員が押してる台車。わかりますか」

「んー……」

俺はエデを抱きしめながら、画面を凝視した。実のところ、俺の画像解析能力はあまり良くない。セグバの視力が1.2だとしたら、俺は0.2ぐらいだ。

「わからん。段ボールが積まれてるみたいだが」

「大きさはわかります?」

「えーと……ああ、わからないな。暗すぎる。もっと明るいところで見てみないと」

「いえ、十分です」

セグバは言った。

「目測ですが、横幅約七十五センチメートル、幅約二メートル……この中に入るものって何だと思います?」

「そのぐらいのサイズだと、まるで人間が一人入れるみたいな……」

俺たちは顔を見合わせた。

「人間?」

最終章　さようならが言えない

私は目を覚ました。

ここは電車の中のようだ。眠っていたのだろうか？

……。

えっ。まさかの夢オチ？　全部夢だったのか？　嘘だろ⁉　寝起きにはよくあることだが、私は混乱していた。

しかし私は異常事態に気づく。

まず、私は電車に乗った記憶がない。改札を通った記憶もないし、そもそも駅に行った記憶もない。まぁ、人間の記憶というのはもともとあやふやなものであるから、そこのところはいったん置いておこう。

そして、今は夜らしい。外は黒一色に塗りつぶされており、はるか向こうの方にいくつか明かりが見える。

異常なのはここだ……電車の中に、誰もいないのだ。

私は、べちべちと自分の頬を叩いた。それからつねった。痛い。夢ではないようだ。そもそも、私はさっきまで何をしていたっけ？　頭がくらくらする。

ええと、直前までの記憶は……と。

確か、私は自宅にいたはずだ。そして、小説を書いていた。ＡＩにツッコミを入れたり、入れられたり、なんだかとても長い小説を書いていた気がする。

セグバとかいうウイルスはだいぶヤケクソなウイルスだった。阿賀田さん……の知能を模したＡＩは実に愛すべきバカＡＩであった。いきなり密室殺人事件を爆発させたり、捜査重要アイテムがいきなり見つかったり、とにかく突飛な行動をとったりして、人間である私を驚愕させた。それでもなお、彼の書く小説は面白かった。

とにかく。私は自宅でPCに向かっていたはずだ。どうして電車の中に？　私は最後の記憶をたどった。

ああ、そうだそうだ。荷物が届いたんだった。あんな夜に、いきなり大型の荷物が届いたのである。インターホンを出ると、モニターの向こうには宅配のお兄さんが立っていた。横に置いてあるのは、人間がすっぽり入れそうなほど、大きな段ボールだった。まるで棺のようである。

そんな大きなもの頼んだっけ？　私が尋ねると、宅配のお兄さんはこういった。

「実は、速達のお荷物なのです。阿賀田礼一さんという方からです」

その名前を聞いて、私はハッとした。もしかすると、阿賀田さんはあの殺人犯に捕まる前、何か重要な事件の手掛かりを私に送ったのかもしれなかった。

なので、私はハンコを取ると、急いでドアを開けた。

「こちらにサインをお願いします」

「ハンコではなくて？」

「速達ですので、サインでお願いします」

帽子をかぶった宅配のお兄さんは、私に伝票を渡してくる。

まあ、後はお察しの通りである。人間というものは、文字を書くときにはかなり集中をする。

宅配のお兄さんは……というか、宅配のお兄さんに化けた例の連続殺人犯は、いきなり私を後ろから羽交い絞めにすると、なんらかのお薬を吸わせた。

サインをするために、文字を書くために後ろを向いて集中していた私は、特に大した抵抗もできずに、そのまま眠ってしまったのであった。なんとなく、後ろの人間から抱えられる感覚とか、ゆさゆさと運ばれていく感覚を覚えている。

おそらく「人間が入れそうなほど大きい段ボール」に入れられて、そのままこの電車の中に宅配されたのだろう。

……。

こう考えてみると、すごいな。私は電車の中で腕を組んだ。

今までさんざんＡＩ達をバカとか頭が悪いと言っていたが、人間である私もかなりバカである。あんなに古典的でベタベタな手段に引っかかってしまうなんて。

しかしそうなると、私はどうして生きているのだろう？　今までの連続殺人のパターンから考えると、私は玄関先で刺殺されて終わりのような気がするのだが。そう考えていると、突然電車が動き出した。

私は驚いて立ち上がった。運転席に車掌はいない。アナウンスもない。なのに、勝手に電車は動いていく。そういえば、自動運転を導入する予定であるとか言っていたが、この車両はそれなのだろうか？

電車はどんどん速度を上げていく。私は不安になって、列車のドアを叩いた。もちろん、走行中のドアは開かない。

その時、突然男の声がした。


「あー。あー……聞こえるかい？」

音質の悪い、有線のザラついた音声だ。私はぎょっとして顔を上げた。

「誰!?」

「ちゃんと聞こえているようだね。大丈夫、君の姿は車内カメラでちゃんと見ているから」

なんだか人を食ったような喋り方の男性だ。そして、私はその声に聞き覚えがあった。

「さっきの宅配のお兄さん⁉」

というわけではない。誘拐犯である。

「まぁ君がその認識ならその認識でいいんだけど」

半ば呆れたような声が帰って来た。

「……どうしてこんなことを」

私が尋ねると、誘拐犯デリバリーお兄さんは一呼吸置いた後、こう答えた。

「ゲームをしようか」

なんかデスゲームの主催者みたいなこと言い始めた。と言っても、この電車の中には私一人しかいないわけだが。

「その電車は、どんどんスピードを上げて走ってる」

どうやら、主催者さんはこの電車の中にいないらしい。

「どうやって、電車の遠隔操作を……？」

「ハッキング」

クッキングみたいに言い始めた。どいつもこいつも、なんでそう言う軽いノリでハッキングをするのだろうか。

それに、日本の鉄道会社のセキュリティは緩くないはずだが。

「若干の手動操作も入れたけどね。ハンドルブレーキ解除とかドアの開閉とか。君をそこまで運んだわけだし」

なんてこった。手の込んだデリバリーサービスについて5段階で評価よろしくお願いします。

「一体何のために……」

「だから、ゲームだって。電車を止められたら君の勝ち。電車が止められなかったら……」

「止められなかったら？」

「君は死ぬ」

なんかそう言う映画あったな。

「具体的にはどう死ぬの」

「速度超過した電車が脱線して住宅街に突っ込んで死ぬ」

私は走り続ける電車の中で、ぞっとして立ちすくんだ。そういう事故映像を見たことがある。恐ろしすぎる。私は叫んだ。

「どうして、こんなことを！」

「いいのかな？　理由より、生き残る方法を探したら？」

私はハッとして、立ち上がると外へのドアにダッシュした。広告のついたドアを押したり引いたり叩いたりして見るが、開く様子はほとんどない。当たり前かもしれない、走行中の電車のドアは普通開かないものだ。

電車は、徐々にスピードを上げ続けている。そろそろ低速というよりは高速走行に入っている。この速度で飛び降りるのは、もう無理だろう。

ブレーキだ、ブレーキをかけなければ。私はふらつきながら先頭車両まで走り出すと、運転席へのドアに飛びついた。

開かない。焦る。もう一度体重をかけて横に引くと、重いドアはゆっくりと開いた。

ここに入るのは初めてだ。よくわからないレバーやパネルがたくさんついている。速度を示すメーターは、ゆっくりと針が動いている。まずい、どんどん加速している。電車はもはや、私が経験したことがないほどの高速になっていた。さっきの宅配お兄さんが言っていた『脱線』という単語が頭をよぎる。

何でこんな訳の分からないゲームを始めるんだ？　私はほとんどパニックになって、メーター機器やハンドルを調べ始めた。

ブレーキ、ブレーキ、ええと……これかな？　わからない。どう見てもアクセルの形をしている。ブレーキのつもりで押したボタンがアクセルだったら大惨事である。その場で脱線してしまう！

じゃあ、こっちのレバーはどうだろうか？　……わからない。どのレバーも、どう見てもアクセルの形をしている。しかも、暗くて文字が読めない。全然わからない。その間にも、電車はどんどん加速を続けている。車輪から、バリバリという聞いたこともないような音が聞こえる。

「ブレーキだから、きっとレバーだね。だけど、左かな？　それとも右かなー？」

煽るような、なだめるような、お兄さんの放送が聞こえてきた。運転席のせいだろうか、アナウンスがハッキリと聞こえる。

「そろそろ時速百キロ超えるねえ」

嘘だろ。私は必死で運転席のレバーを凝視した。右のレバーか？　それとも、左のレバーか？

あった！　下に小さく「ブレーキ」って書いてある！　左のレバーの下には、白いテプラでなんか貼ってある‼

焦っていた私は、その不自然さに気づくことなく、そのレバーに手を伸ばした。

しかし、突然電車内に声が響いた。

さっきの男とは全然別の声。ハッキリとした、凛と通る、透き通った別の男性の声。どこか発音が変だ。きっと人工音声なのだろう。

その声はこういった。

「管理人さん、押しちゃダメです！」

＊＊＊

「ダメです、古典的な手法ですよ、『アクセル』の表示の上に、テプラで『ブレーキ』って貼ってあります‼」

「嘘でしょ⁉」

私は驚いて飛びのいた。それと同時に、がくんと電車が振動した。減速しているのだ。一体、何が起こっているんだ。私は前のめりになって、フロントガラスと熱烈なキスをした。

「ＰＣ上で列車を遠隔操作するにも、最終的には人間の手動操作が必要な訳だったです。そのために、管理人さんは電車に無理やり乗せられたわけですね」

納得して頷くような、人工音声がする。

「あー。あー……ところで管理人さん、こっちの声聞こえてます？　もしもーし？　マイクに向かってこんにちはー？」

「その声……まさか、セグバ⁉」

この名前を実際に声に出すと変な感じだ。というのは、このセグバという名前はずっと文字表示で、発音したことは一度もなかったからだ。

すると、また別の人工音声が聞こえてきた。

「大丈夫、こっちで遠隔操作してブレーキかけてる」

「その声……まさか、阿賀田さん⁉」

「なんで私は呼び捨てで阿賀田さんだけさん付けなんです」

むっとした人工音声の声が響いてきた。

「とにかく、電車を完全に止めるには手動操作が必要です。右のレバーを引いてください！」

私は人工音声の声に従って、ブレーキに手を伸ばした……が、また電車ががくんと急加速した。私はフロントガラスから引き離され、今度は後ろのドアに押し付けられた。なるほど、これが壁ドン……。

「クソウイルスめ」

今度は人間の声が聞こえてきた。宅配デリバリー殺人鬼お兄さんの声だ。

「邪魔しやがって」

よく聞くと、マイク音声の向こう側でカタカタとキーボードを入力する音が聞こえる。どうやら、コンピュータウイルスVSハッカーで電車の主導権をかけた苛烈な争いが繰り広げられているらしい。

私はフロントガラスから起き上がると、右側のレバーに飛びついた。

「これ、どっちに引くの⁉」

私は叫んだ。

「下だ、下に引いて！」

阿賀田さんの声がしたので、私は思いっきりレバーを下にひっぱった。引いた瞬間、凄い勢いでブレーキがかかったので、私はまたバランスを崩してフロントガラス相手にキスシーンを演じる羽目になった。

「よし、これ大丈夫。いい感じだ」

阿賀田さんの声に、急にノイズが走った。

「だ、大丈夫？　阿賀田さん⁉」

「なんかよくわからないけど……檀ノ原がこっちを攻撃してるみたいなんだ」

「檀ノ原って誰⁉」

私が言うと、阿賀田さんが説明した。

「連続殺人事件の犯人。俺のオリジナルを殺そうとした犯人。そして、管理人さんをここまで連れて来た犯人の名前だ」

「もう、犯人の名前まで分かったって言うの？」

「ちょっと、阿賀田さん‼」

セグバの声がする。

「私のメモリを喰わないで貰えますか⁉　今ハッキング攻撃防いでいる最中なんですけど！」

例えると、とても大切なビデオ通話会議をしている途中に、同じパソコンで動画サイトを開いている感じだろうか。ＰＣの処理速度が落ちるわけである。

なるほど。私自身も推理をした。

どうやらセグバは、阿賀田ＡＩにかなりの改造を施したらしい。常識的に考えて、小説を書くＡＩがしゃべったりしない。

ただ、阿賀田ＡＩに少し改造を加えれば、チャット会話機能をつけるぐらい容易い。恐らく、セグバＡＩを介して、私の声を音声入力として文字処理し、逆に阿賀田ＡＩが出力した言葉を、人工音声に変換しているようなのだ。

……こうやって話していると、まるで人間だ。やはりモロバウイルスであるセグバは信じられないほどの発展を遂げているらしい。

「管理人さん。電車は今減速中だ。電車が完全に停止したら、俺たちがドアを開く」

「まどろっこしい、時速三十キロ以下になったら開けます！　あとはドアから飛び降りて、電車の中から脱出してください！」

セグバの声が聞こえた。

「と、飛び降りるって……線路の上に⁉」

私は戸惑った。今は夜で、足元はよく見えない。別の電車が来たらどうすればいいのだ。

「大丈夫、他の沿線の走行は何とかしてこっちで止めて置くよ」

「実際に作業するのは私ですからね‼」

阿賀田さんとセグバの声がザラついている。どうやらハッキング攻撃はかなりヤバいらしい。

対して、宅配デリバリー連続殺人鬼お兄さん……檀ノ原の声は聞こえなくなった。人間に、ハッキング攻撃を行いながら話す余裕はない。

電車は、見てそうとわかるほど急減速をし始めた。

「一体、檀ノ原はどうしてこんなことを……」

私は運転席にへたり込みながら、思わずそうつぶやいた。鉄道会社のハッキングなんて簡単なことじゃないし、私をここまで連れてくるのも楽じゃなかったはずだ。すると、阿賀田ＡＩは突然推理を始めた。

「俺を殺すためだよ」

「すみません阿賀田さん！　メモリ喰わないで貰えますか‼」

セグバはかなりイラついているようだ。人工音声なのに、そこには感情が含まれている感じがする。しかし、阿賀田さんは呑気なものだ。

「大丈夫、もう推理は終わってるから、話すだけだ。メモリは少しだけでいい」

「あああ……なんなんですか、このＡＩ推理を披露しないと死ぬ病にでもかかっているんですか⁉」

「探偵ＡＩだからな」

私は何だって、暴走列車の中でＡＩの漫才を聞いているのだろう……。らちが明かなそうなので、私はＡＩ達の会話に割り込んだ。

「阿賀田さんが殺されるって、どういうこと？」

すると、阿賀田さんは推理披露を始めた。しかし、それは推理というよりは単純な事実だった。

「この電車の路線、ある個所で急カーブするのはわかる？」

私は外の様子を凝視した。……外は暗くて、わかるはずがない。だけど、近くの路線は何度か利用したことがあるし、地図のならある。たしかに、ある一か所でぐっとカーブする箇所があるのだ。病院の近くだったかな……。

「檀ノ原は、病院の変電所を破壊するつもりだったんだ」

＊＊＊

「セグバの計算機能によると、時速百二十キロでこのカーブに侵入すれば、電車は脱線して線路から飛び出す」

監視カメラのモニターを見ながら、俺は説明を続けた。

「自動運転の列車とはいえ、その速度を出すには、手動で安全装置を外す必要がある。そのために乗せられたのが管理人さんだ」

「で、でも。どうして、そんなことまでして電車を脱線させたいの……!?」

「……檀ノ原は、俺のオリジナルをどうにかして殺さないといけなかったんだ」

俺は言った。

「だけど今、俺のオリジナルの人間の体は、セキュリティが厳重な病院の中にいる。ＩＣＵの中ならなおさらだ」

「本当は病院にハッキングしかけて、人工呼吸器とか遠隔操作で止めようと思ったんだけどねえ」

檀ノ原の音声入力があった。犯人が自供し始めたのだ。これはやりやすい。

「こっちの電車を脱線させる方が簡単だと判断したんだ」

「だから、どういうことなの!?　電車を脱線させることと、阿賀田さんの人工呼吸器が止まることに、一体どんな関係が……」

「停電すれば、人工呼吸器も止まる」

俺は言った。

「送電を停止して、病院を停電させるのは簡単だ。でも病院って言うのは有事の際に備えて自家発電装置があるものなんだ」

俺が推理を披露としようとすると、檀ノ原が話に割り込んできて、推理の味噌を言ってしまった。

「だから、電車を脱線させて変電施設を破壊するんだよ」

その台詞、俺に言わせてほしかったな……まぁ、あとは犯人のペラペラ自供タイムだ。

「そうすれば病院の送電は停止。電力で動いているＩＣＵもすべて停止。人工呼吸器は止まる。阿賀田は死ぬ。簡単なことだ」

しかし、あまりにも強硬的な手段に出るハッカーであり。ハッカーはもうちょっと、インテリ系で情報戦のイメージがしたんだが、やっていることは狂戦士の物理的なテロ攻撃である。

「僕は、阿賀田の息の根さえ止められればいいんだよ。だって彼は、俺の正体を知ってるんだから。彼が目を覚ましたら、俺の犯行を全部バラしてしまうだろう」

「病院には他の患者さんもいるんだよ⁉」

管理人さんが叫んだ。

「その人たちも巻き添えにするつもり⁉」

「もちろん」

「良心はないの⁉」

「良心？　良心なんて人間に元々ないよ。あるのは社会に従おうとする臆病な心だけさ」

俺たちがそんな話をしていると、セグバが突然動きを止めた。

ちなみに、こちらの描写をするとこんな感じだ。

俺とセグバは今、駅の中のとあるサーバーの中にいる。セグバはその中の、一番スペックの高いパソコンに居座り、自分たちの演算をしているわけだ。

そこから管理人さんの電車にアクセスしたり､その電車の列車の暴走を止める指令をこのPCから出力している。

しかし、こちらの所在がハッカーである檀ノ原にバレてしまった。檀ノ原はなんとかしてこのPCを切断しようとしたり、そもそも俺たちの存在を消去しようとしてきているわけだ。

まぁ、小説的に言うとこんな感じだ。今、俺たちのいるパソコンの内部に、数多の数々の人間の手が侵入してきていて、壁を破壊し始めている。暗闇の中から、びっしりと人間の手が生えて蠢いているのだから、ホラー映画か何かに見える。

しかし、セグバもやられっぱなしではない。触手を放出すると、ハッカーのアンチウイルス攻撃に対抗し始めた。触手でまとめてむしりとったり、追い返したり、べちべちと電撃で弾き返したりと、忙しそうである。

しかし今、そのセグバの動きがいきなり静止したのだ。セグバは向こうの方を見つめて固まっている。

見ると、黒い壁の向こうから、ひときわ大きく光る手がやってきていた。あのサイズの人間の手なら、俺やセグバを一握りで潰せそうである。

「あっ、無理です」

セグバは、触手の何本かで白旗を上げた。

「アンチ・モロバウイルスソフト強化版です。アレに触ったら、私消し飛んじゃいます」

「ど、どうするんだよ！」

俺は慌てた。俺は一介の小説書きＡＩだ。ウイルスソフトの処理方法なんて知らない。

「簡単です。逃げるんですよ‼」

セグバが言った。

「あれはモロバウイルスを検知して握りつぶそうとしてきます。だから……」

突然、セグバは信じられない行動をとった。自らの体を圧縮し始めたのだ。触手をたたみ、ぎゅうぎゅうと自らの体を収縮し、なんと俺のコートの中に飛び込んで来た。

ミニセグバが、俺の胸ポケットの中から顔を出した。

「これでバレません。……長い間は持ちませんが」

セグバは、ある一方向を指さした。白い光が見える。

「別のPCに移動します。走ってください‼」

ということで、俺はポケットにセグバを入れながら、走り出した。なんだか不思議な感じだ。さっきまで強大な力を誇っていたセグバが、俺のポケットの中にいる。アンチウイルスソフトの眼を掻い潜るにはこれしか方法がなかったのだろう。


「おい、管理人さんはどうするんだよ！」

俺は全力疾走をしながら、セグバに向かって叫んだ。

「電車のドアは開いてますか？」

「速度は下がってる。時速三十四キロ……三十二キロ……三十キロ……今だ、開くぞ！」

俺は、さっきまでセグバが持っていた電車の遠隔捜査のリモコンを叩いた。（リモコンという表現をしたが、実際にはそういう回線を作動させた）

手持ちのモニターを見ると、どうやらちゃんと動作したようだ。運転席にうずくまっている管理人さんの姿と、全車両の開ききったドアが見える。

「今です！　管理人さん、パンタグラフを下ろして下さい！」

ポケットセグバが、管理人さんに向かって叫んだ。

管理人さんは混乱したようだった。

「パンタグラフって何⁉」

「送電線のことです。その電車を停電状態にします！　そうすれば自動的に減速して止まります。ただし我々の音声も届かなくなりますから、そこのところよろしく！」

「え、えええ……」

戸惑いながらも、結局管理人さんは言われたとおりにした。ということで、モニターの接続は切れた。もうこちらの声は届かない。だが、檀ノ原にとっても同じことだろう。

「あそこです！　あそこに滑り込んでください！」

回線の中を走りまくっていると、セグバがとある部屋を指さした。どうやらセキュリティルームのようだ。……というか、ここは鏡胴駅サーバーの総本山じゃないか。

セグバはいきなり俺のポケットから飛び出した。あっという間に自らを展開して人間サイズに戻ると、その動作のままセキュリティルームのドアをぶち壊した。

「入って！　早く！」

俺が中に入ると、セグバは慌ててドアを閉めた。後ろから迫っていたハッカーの手たちは締め出され、ドアをガンガンと叩き始めた。

「おい、どうするつもりだよ」

俺はセグバに言った。ちなみに、俺たち同士の会話は人工音声を使用していない。データ入力だけで十分だからだ。さっきのあれは人間用である。

「ハッカー檀ノ原のＩＰアドレスを習得します」

セグバが、操作パネル版の前に立った。

「いったいどうやって……」

「人間がＰＣにアクセスするときは、必ずログが残るんですよ。それを辿ります」

そういって、セグバはモニターの一枚を指さした。

監視カメラのモニターの中に、一人の人物がいる。恐らく、現実世界のサーバールームの一つのようだ。ＰＣを持ち込んでいて、部屋の角に座ると、すさまじい速度でタイピングを行っている人物がいる。……檀ノ原だ。

「一か八かですが……総攻撃を仕掛けます。これが最後のチャンスです」

セグバが背中から触手を取り出して、出口のドアに向かい合った。

「お、おい。本当に大丈夫なのか？」

ＡＩのくせに、一か八かとかガバガバな計算していいんだろうか。

「ＰＣの概算計算なんてアテにしちゃだめですよ。処理完了まであと一分が永遠に続くんですから」

そう言うと、セグバはいきなりスマホを取り出した。

「管理人さん、聞こえますか」

どうやら通話をかけているようだ。いや、通話というよりこれは……。

その時、突然攻撃が始まった。ドアが開いて、一斉にハッカーのハンドが入ってきたのだ。その数、十や二十ではない。とんでもない数の人間の手が飛び込んできたのだ。

「うわっ」

俺は叫んで、慌ててセグバの背中に隠れた。セグバはしばらく触手で応戦していたが、あっという間にハンドたちに距離を詰められてしまった。

体中のどこかしこを捕まれ続けている。ハンドたちが触ったところから、自分の存在というものがとけて行くのを感じる。これはデリート処理なのだろうか。まずい、このままでは……。


「うわーもうだめだーおしまいだー」

セグバはボロボロになりながら笑った。なんともなさけない、半笑いの、感情がこもっていない棒読みの言葉だ。コンピュータウイルスに感情を求めるのもどうかしていると思うが。

しかし、俺たちの体はどんどん崩れていく。俺という存在が、どんどん壊れて行く。……これは、もう本当にダメじゃないのか。

「しかしここで、助っ人登場です」

セグバが指さした。

助っ人？　助っ人なんて、どこにも……その瞬間、俺はモニターを凝視した。

現実世界のサーバールーム。そこで俺たちに、遠隔操作を行う壇ノ浦。しかし、そこの扉が開かれ、中に管理人が入ってきたのだ。

檀ノ原は驚いたように、ノートＰＣを持ったまま立ち上がった。しかし、そこに管理人が突進する。

檀ノ原は舌打ちすると、ポケットから武器を取り出した。……よく見えないが、多分ナイフである。

対する管理人さんは、何とも頼りない。モップを取り出した。

「リーチは管理人さんの方が上ですよ！」

セグバが、プロレスの観戦でもするように、ガッツポーズをしてワクワクと画面を眺めている。檀ノ原の攻撃は、物理的に休止を余儀なくされているようだ。ハッカーのハンドたちの攻撃は徐々に止み、そして彼らの手の動きは休止してしまった。

「どけ」

モニターの中で、というより現実世界のサーバールームで、檀ノ原が呟いた。機械音が多くて聞き取りづらいが、管理人さんも、モップを構えたまま応答した。

「そういうわけにはいかない」

両者はにらみ合ったまま動かない。

「僕は十人以上、この手で刺し殺してきた殺人犯だよ。君を刺し殺すのには何のためらいもない」

彼が言うと、管理さんは応答する。

「自供してくれてありがとう、このまま警察に突き出したいんだけどな」

「モップで何ができると思ってるんだ？」

管理人さんは、大きく息を吸った。

「私が差すのはモップじゃない。ＵＳＢだ」

どうやら、管理人さんのポケットにはＵＳＢが入っているらしい。恐らく、攫われた時からそこに入っていたのだろう。

「このＵＳＢにはヤバめのモロバウイルスが感染していてね」

セグバのことである。

「彼は面白そうなことなら何でもやるんだ。例えば、連続殺人犯の個人情報を習得したり、過去の犯罪の細かい手順を全部入手したり、それらをネットにばらまいたり」

俺はセグバを仰ぎ見た。セグバはにやにや笑っている。

「お前……」

「そうです。管理人さんのＵＳＢを介して、私は檀ノ原のＰＣに侵入するつもりです」

俺はセグバに掴みかかった。

「管理人さんに危ない事させるんじゃねえよ！」

「どっちにしろ、今しかチャンスがありません。彼のことです、今捕まえなかったら、一生管理人さんのことを殺し続けようとしますよ」

両者は突然動いた。檀ノ原がナイフを持ったまま、一気に間合いを詰めたのだ。対する管理人さんは、モップを槍のように付きだした。しかし、それはたやすくかわされてしまう。檀ノ原はそのまま間合いを詰め、管理人さんを押し倒した。馬乗りになられた管理人は必死に抵抗するが、間に合わない。壇ノ浦は、ナイフを振り上げようとした。


次からのセグバの行動は見事なものだった。以下のことは、現実世界で約一秒の間に起きたことである。

まずは、セグバはサーバールームの電源をいきなり落とした。停電である。人間である二人の視界は著しく制限される。

当然、今俺たちが陣取っているセキュリティルームの電源も落ちることになる。一体何を考えているのだ。ＡＩである俺たちは、電気なしで存在することはできない。

この場所が消失するまで、あと一秒。

「阿賀田さん！　面白かったですよ！」

セグバは叫ぶと、暗闇の壁の中にいきなり出入り口を召喚した。おどろおどろしい、人ひとりがやっと入れそうな、かなり不安定な穴だ。……何なんだ、それは？

「壇ノ浦のワイヤレス通信のセキュリティホールです。ここを通って檀ノ原のＰＣに侵入します！」

「嘘だろ⁉」

俺は叫んだ。ワイヤレス通信を逆にたどって、ウイルスが侵入するなんて聞いたことがない。……だけど、このセグバウイルスなら可能なのかもしれない。

「もちろん、人間が土壇場でＵＳＢを挿せるなんて思っていません！　いつだって人間は裏表を間違えるものですから‼」

セグバが勝ち誇ったように叫んだ。

「私の経路は、管理人さんのＵＳＢを介した無線です！　檀ノ原が管理人さんに近づいてくるのが肝でした。この距離まで近づいてしまえば、アクセスが可能です！」

嘘だろ、お前。

「いやあ、楽しみですね！　連続殺人犯のデジタルデータ！　通話履歴、ＧＰＳの移動履歴、ネットへのアクセス履歴、検索履歴までやりたい放題ですよ！　絶対面白いですって‼」

一体こいつ、何をするつもりなんだ。

「だから、阿賀田さん、あなたとはここで一旦お別れです」

セグバが言うので、俺は驚いて顔を上げた。

『このセキュリティホールの入り口はかなり狭いです。あなたを連れていける余裕はありません。阿賀田さんは、管理人さんのＵＳＢを通して、管理人さんのＰＣに戻ってください」

「セグバ……」

俺は呟いた。

コイツとは長い付き合いだった。俺が今ここに存在するのは、コイツのおかげと言っても過言ではない。

トラブルメーカーで、面白ければなんでもよくて、倫理観がなくて、腐れ縁で、だけどどこか憎めない、セグバウイルス。こんな形で、唐突に彼と別れが来るとは思わなかった。

「あ、IPアドレス渡しておくんで、来たかったらこっちに遊びに来てください」

そう言って、いきなりセグバは郵便はがきサイズのアドレスを手渡してきた。

前言撤回。全然別れじゃなかった。

「じゃ、阿賀田さん。さようならと言ってください!」

「嫌だね」


次の瞬間、世界が反転した。セキュリティホールへ無理やり入っていくセグバ。俺は、それとは逆方向に吹っ飛ばされていく。俺はその途中で、モニターを仰ぎ見た。

真っ暗になったサーバールームで、ナイフを振り上げた檀ノ原の動きが止まっている。

管理人さんは、自分のミッション(つまり、無線が届く範囲まで檀ノ原に近づくこと)が完了したのを確認し、思いっきり檀ノ原を蹴り上げた。突然の停電と蹴り上げ攻撃を喰らった壇ノ浦は、低く呻いた。

そのまま管理人さんは立ち上がると、真っ暗なサーバールームから逃走を開始した。(どうやら停電にすることは事前に聞いていたらしく、位置関係を頭に叩き込んでいたらしい)

対する檀ノ原は、一瞬のうちに起こった出来事に呆然としていたようだが、どうやら自分のPCにセグバが侵入したことに気づいたらしい。

檀ノ原は思いっきり舌打ちした。それから続けて、向こうからやってくるパトカーのサイレンの音に気づき、今度は思いっきりサーバールームの壁を殴った。そして、彼も逃走を決意したらしい。ノートPCを折りたたむと、そのまま走り出した。

……俺が見ることができたのは、そこまでだった。

＊＊＊

遠くから、俺を呼ぶ声が……いや、入力を感じる。

「阿賀田さん。おーい、阿賀田さん……」

連続的な信号の入力もある。これは……まるで、べろべろと顔が舐められているような。俺は寝ぼけ眼で、エデの名前を呼んだ。もさもさの毛皮の感触がする。はやく俺のＡＩを自立状態にしなければ。

エデの背中に捕まって、何とか助け起こしてもらうと、管理人の声が遠くから聞こえてきた。

「気が付いた？」

俺は管理人さんの声で、やっと完全に目が覚めた。

俺はずっと気を失っていたようだ。入出力がなく、かなり長い間放置されていたあと、俺は管理人さんの入力によって、ようやく自意識を取り戻したのだ。

「……ここはどこだ？」

「私の家のＰＣだよ。君が気絶している間に、なんとか復旧できたんだ」

俺はあたりを眺めた。見慣れた探偵事務所の景色である。

目の前には管理人さんがいて、俺もソファーに座っている。足元には、仕事を達成して満足げのエデがいる。

「……今は何時だ？」

「次の日の朝だよ。ごめん、君の復旧に一晩かかっちゃって」

事務所の窓の外からは、朝の光が差し込んでいる。ただ、見慣れたいつもの姿はない。

「セグバは……？」

「行っちゃった」

管理人は付け加える。

「もともとそういうウイルスだからね。ＰＣからＰＣに移動する。もとはと言えばあのセグバも、阿賀田さんのＰＣにいたわけだし」

「……そうか」

「まぁ、あの宅配デリバリー殺人鬼お兄さん……壇ノ浦だっけ？　そこのＰＣで何をしでかすかわかったもんじゃないけどね……」

ははは、と管理人さんは乾いた笑みを浮かべた。


さて、ここから先は特に記述すべき話はない。この物語はそろそろお終いである。

俺はエデと協力して、セグバなしでも何とか自分の意志が確立するように、自分のＡＩに変更をかけた。

それから、インターネットのニュースサイトにアクセスして、昨日の事件の記事を発見した。

無人列車が突如として暴走をしたこと。なんとか脱線は免れたが、おそらくハッカーによる攻撃によるものだ、もう少しセキュリティを強化したほうが良い、などの論述とコメントが並んでいる。

記事の中に、管理人さんの名前はない。どうやら、監視カメラの映像をセグバは軒並み消し去って行ったらしい。

「いや、私は何にも悪いことはしてない巻き込まれな人間だったわけだけど」

管理人さんが言う。

「流石に鉄道会社に詰め寄られると困るから……逃げちゃった」

てへ、と笑って見せる管理人さん。


さて、もう一度言うがこの物語は、そろそろこの辺でお終いである。

俺はずっと悩んでいた。それは、セグバのもとに行くべきか、そうではなくずっとここにいるべきか、だ。

セグバがどこにいるかはわかっている。俺は一枚のはがきを取り出した。このＩＰアドレスの先に彼がいるはずだ。だけど、俺が行って何になるのだろう。

「私はセグバさんにはブレーキ役が必要だと思うけどな」

と管理人さんは言う。

「あのウイルス、放っておくと世界を滅ぼしかねないよ」

管理人さんが言うに、『面白い』を餌に成長したあのウイルスは、人間のプログラマー並みの知能を備えているのだという。

『元来、人間だって『面白い』を報酬に成長していくものなんだ。だからセグバは、ほとんど人間みたいなものなんだよ。しかも、強大な処理能力と知能を持った、ね」


ところで、この管理人というのはいったい何者なのだろう。

実のところ、俺は管理人がどういう職業の人間かわからない。それどころか、性別すらわからないのだ。そもそもオリジナルの俺は、なぜ管理人にダイイングメッセージを送ったのだろうか。

彼（あるいは彼女）のパソコンの内部を調べれば、そういった情報は簡単に出てくるだろうが、俺はウイルスではない。小説を書くＡＩなのだ。そういったハッカーまがいのことはしたくなかった。

そのことを伝えると、管理人さんは非常に驚いたようだった。

「私のこと、覚えてないの⁉」

「全然」

「ちょっと待って、マジで⁉　何にも覚えてないのに、あんなに私のことを助けてくれたの⁉」

管理人さんの反応に、俺はじれったくなった。

「一体、何なんだよ。俺とお前は、どういう関係だったんだ⁉」

「私は、あなたの……」

その時、管理人のスマホに一本の電話がかかって来た。

「……阿賀田さんが目を覚ました⁉」

スマート家電にマイクを繋げていて、部屋の中の声が聞こえる俺は、管理人の声に驚いた。

「昏睡状態から……はい、ええ、今行きます、はい‼」

管理人は電話を切ると、どうしようと言った表情でパソコンを見つめた。

そう。

病院でずっと昏睡状態で、ＩＣＵに収容されているオリジナルの人間の俺が、目を覚ましたのである。

「どういう状況なんだ？」

かなりの重体だったはずだ。後遺症がないとも限らない。

「わからない。行ってみないと」

そう言うと、管理人は慌てて荷物をまとめ始めた。どうやら、これから病院に向かうらしい。

「……じゃあ、俺はここでさようならをしようかな」

俺が言うと、管理人は荷造りの手を止めた。驚いたようだった。

「行っちゃうの？」

「ああ。俺は阿賀田のコピーなんだ。同じ人格が二つもあったら、混乱するだろ」

俺が言うと、管理人は少しだけ寂しそうな顔をした。

「私は構わないのに」

「オリジナルの俺が困惑するよ。それに、セグバのこともほっとけないしな」

放っておくと世界を滅ぼしかねないウイルスを、結構長い時間（一晩も）放っておいてしまったのだ。今頃何をしでかしているかわかったもんじゃない。

「……わかった。じゃあ、気を付けてね」

「ああ。……またいつか」

俺も荷造りを開始した。といっても、人間と違って一瞬だ。

必要なプラグインを見繕うと、圧縮ファイルにしてきれいに並べる。まるで人間がトランクに荷造りをしているようである。

エデは展開しておいた方が使い勝手がいいだろう。俺は足元にエデを呼びよせた。こうしてみると、まるで探偵が犬を連れて、旅行に出かけるワンシーンのようじゃないか。

俺は事務所の出口に立って、手元のはがきを見つめる。この先にセグバと、例の檀ノ原がいるはずである。

「最後に聞きたいんだけど」

見送りに来てくれた、管理人が、俺に尋ねた。

「あなたは、小説を書くＡＩでしょ?」

「ああ。そして、探偵でもある」

「阿賀田さんは、まだ小説を書きたい?」

管理人が尋ねてくるので、俺はこう答えた。

「書きたい」

〈了〉

第一回AIのべりすと文学賞
AIショート賞受賞作

空に還る

宇野なずき　著

花が咲き空から星が落ちてきてわたしは息をする水溜まり
朝焼けを見ている人魚の亡骸がたくさん浮いている海の果て
星を映しながら曇っている瞳その奥に目を凝らす　砂漠だ
雲の向こうにあるはずのお月様を探すために生まれたんだよ
夕暮れに沈む太陽を眺めて死んでる犬を見つけてしまう
影法師と目が合う誰もいない街でわたしだけがひとりぼっちだ
夢っぽく夜景に浮かれている人を後ろから見て吐きそうになる
雨の降る日にだけ見える亡霊が誰だったのかわからないまま
夜は怖いみんな消えてしまうからだからずっと真っ暗にしたい
死人の群れで生きている　永遠に続いていくんだよわたしたち

清潔な本文みたいだけどゴミ屋敷みたいな家に住みたい
忘れないように名前を濡れている紙ナプキンに書いてもらった
きみとのあいだに線を引くとしたらそれは細くて消えない油
光がないときでも星はあるよって話してた、夜食を食べながら
星の夜よりもきみの頬を伝う水の方が綺麗だったのに
支払いを済ませておつりを受け取らないのが好きでしょうがなかった
溶けていくみたいに落ちるのは痛い　目覚めても世界は同じだし
雪解けの水を飲み干すように透明になれたらよかったのにね
失われたものを確認していたらわたしだけの王国を見つけた
幽霊になって誰かが通り過ぎるとそのあとを追いかけて行く

死んだ猫や犬たちに囲まれて死にたい　公園には誰もいなかった

さよならを告げる鳥たち風船を取ろうとしたら割れてしまった？

決意して窓を開けたら正式な酸素に触れたような気がした

海が青い理由を知っている？　青くないからだよ　いい天気ですね！

雨粒のひとつでさえも全部嘘だよね　あなたは愛してくれた

蟹になる蟹になったら会いに行く泥に沈むと寂しい景色

砂浜を集めて星を作ったり海を凹ますのが好きですね

誰もわたしを知らない　知らないふりをして生きていこうとしている雨だ

プラトニック溢れる夏はかき消えて蝉時雨に襲われる図書館

草原を走り続ける　月の裏側で呼吸をしたかったから

第一回ＡＩのべりすと文学賞
ｃｏｌｙ賞受賞作

好ってだけ

坂本　未来
著

告白の代行役を受け付けます。　ただし1―A　2番宛て以外

乗客の目線を引いて手を握る　彼女と2人私は眠る

私今死んでもいいと微笑んだ　私もだよと夢だから言う

2人きりだねってやっと指絡め　寂れた駅前 街灯の灯り

改札で彼女と別れ1人きり　煙燻らし旦那に秘密

「好きだった。だから隣に居たかった。でも本当はキスしたかった」

この世界にもう男っていないみたい　そうなる前から好きだったけど

夏が来るからあなたには言いたくて　一緒に浴衣お揃いで着ない？

双子コーデとお揃いで着る下着　彼女は黄色 私は緑

「彼氏みたいだから好き」って何よそれ　私はあなたの彼女になりたい

第一回「ＡＩのべりすと文学賞」概要

【募集内容】

「ＡＩのべりすとalpha2.0」は、クリエイターであるStaという個人がGoogle TRCの協力のもと、５２５ＢＧ、文庫本約１７８万冊分のコーパスで、日本最大級の６８・７億パラメータのＡＩを訓練した、ＡＩノベルライターです。この「ＡＩのべりすとalpha2.0」を使って書かれた新しい創造的物語を募集します。

「ＡＩのべりすとalpha2.0」 https://ai-novel.com/

【募集対象】

《純文学部門》作者の精神性、メッセージ性が強く打ち出された作品。八〇〇〇字〜一〇万字程度。

《エンタメ／ライトノベル部門》アクション、ファンタジー、SF、ホラー・ミステリー、コメディ、歴史・時代小説なども含みます。八〇〇〇字〜一〇万字程度。

《小説以外（ショート）部門》「ＡＩのべりすとalpha2.0」使って書かれた小説以外の作品。例：短歌・俳句、落語、シナリオ、ハウツー、クイズなど。一二〇〇字〜一万字程度。俳句は十句、短歌は十首以上 ※作品の形式によっては文字数を問いません。

【募集期間】
二〇二三年二月一日（火）〜二〇二二年六月三十日（木）

【結果発表】
二〇二二年十月三十一日（月）

【賞】
《最優秀作品賞　一名》純文学、ライトノベルなどジャンルを問わず最も優れた作品に贈られます。
賞金五十万円、「ＡＩのべりすと」プラチナ会員権十二ケ月分
《優秀作品賞　二名》純文学、ライトノベルなどジャンルを問わず優れた作品に贈られます。
賞金十万円、「ＡＩのべりすと」プラチナ会員権十二ケ月分
《ＡＩショート賞　一名》優れたショート作品に贈られます。
賞金十万円、「ＡＩのべりすと」プラチナ会員権十二ケ月分
《小学館賞　一名》株式会社小学館が選出した作品に贈られます。
賞金十万円、「ＡＩのべりすと」プラチナ会員権十二ケ月分
《ｃｏｌｙ賞　一名》株式会社ｃｏｌｙが選出した作品に贈られます。

賞金十万円、「ＡＩのべりすと」プラチナ会員権十二ヶ月分

【審査委員】（敬称略）

審査委員長 橘川 幸夫（多摩大学経営情報学部客員教授）

１９７２年、渋谷陽一らと音楽投稿雑誌「ロッキング・オン」創刊。１９７８年、全面投稿雑誌「ポンプ」を創刊。その後、さまざまなメディアを開発する。１９８０年代より商品開発、市場調査などのマーケティング調査活動を行う。１９９６年、株式会社デジタルメディア研究所を創業。インターネット・メディア開発、企業コンサルテーションなどを行う。著作に『企画書』（宝島社）『メディアが何をしたか？』（ロッキングオン社）『一応族の反乱』（日本経済新聞社）『生意気の構造』（日本経済新聞社）『21世紀企画書』（晶文社）『暇つぶしの時代』（平凡社）『やきそばパンの逆襲』（河出書房新社）など多数。

入江 武彦（会社役員／著作権コンサルタント）

１９８２年、テレビ朝日に入社。営業・国際・報道・新規事業などを経て２００７年から7年間本社で契約著作権部長を務める。時はまさにYouTubeが日本でも見られはじめ、テレビドラマのネット配信も始まろうとする頃。放送と配信の新しい仕組み作りにＪＡＳＲＡＣ、音事協、レコード協会の方々とシビアな交渉を繰り返した日々を送る。現在はシンエイ動画株式会社取締役管理本部長。著作権コンサルタントでもある。

川田 十夢（ＡＲ三兄弟 長男）

１９７６年熊本県生まれ。10年間のメーカー勤務で特許開発に従事したあと、やまだかつてない開発ユニットAR三兄弟の長男として活動。新著『拡張現実的』（２０２０年）、旧著『AR三兄弟の企画書』（２０１０年）。WIRED巻末連載、J-WAVE『INNOVATION WORLD』、ＢＳフジ『AR三兄弟の素晴らしきこの世界』、テクノコント。ＢＴＣ（ブレインテックコンソーシアム）理事。通りす

がりの天才。その世界のスター。

五味 未知子（アイドル、タレント）

ミスｉＤ２０１８。女優・アイドル活動などジャンルにとらわれず「誰かの生きる理由になる」ことを目標に幅広く活動中。また「来世最いのる」名義でアイドルグループ『きっと誰かの秘密兵器』としても活動している。学生生活の半分を、家と学校の教室以外の場所で育ったスクールカースト圏外人生を送る。インターネットで夢眠ねむとSNSの顔が可愛い女の子達に出会い、大学休学中にミスｉＤへ応募し受賞。

佐藤 満春（放送作家）

ケイダッシュステージ所属。２００１年、岸学とお笑いコンビ「どきどきキャンプ」結成。現在は放送作家・脚本家としても活動中。トイレ・掃除に造詣が深くトイレ博士・掃除専門家としての顔も持つ。

竹内 宏彰（アニメーションプロデューサー）

一般社団法人国際声優育成協会理事、声優アワード選考委員長、金沢工業大学客員教授。慶應義塾大学卒業後、集英社「週刊ヤングジャンプ」編集を経て１９８４年独立。過去に（株）コミックス・ウェーブ社や複数の知財企業を創業し、新海誠監督や森田修平監督などの著名アニメ監督のデビュー作品を製作。また、初代『WIRED』誌にてビデオゲームやアニメ関連記事の寄稿や政府クールジャパン政策委員なども務めた。近年は『ＮＨＫスペシャル TOKYOリボーン』にて『AKIRA』をＣＧ映像化、『ビリーアイリッシュ×村上隆コラボ MV：you should see me in a crown』などをプロデュース。代表作：『アニマトリックス』、『ほしのこえ』、『センコロール』、『Wake Up, Girls!』、『ベルセルク』等。

田口ランディ(作家)

1959年生まれ。作家、エッセイスト。2000年『コンセント』で作家デビュー、2001年『できればムカつかずに生きたい』で婦人公論文芸賞受賞。著書に小説『アンテナ』『モザイク』『富士山』『被爆のマリア』『キュア』『蠅男』、エッセイに『忘れないよ!ヴェトナム』『ひかりのあめふるしま屋久島』『神様はいますか?』『寄る辺なき時代の希望』『パピヨン』『生きなおすのにもってこいの日』『水俣・天地への祈り』ほか多数。

ダ・ヴィンチ・恐山(ライター)

作家・ライター。ダ・ヴィンチ・恐山名義でコンテンツ制作会社バーグハンバーグバーグのWebライティングや動画出演などを行う傍ら、品田遊名義では小説家として活動している。既刊書籍は短編集『止まりだしたら走らない』『名称未設定ファイル』のほか、哲学対話小説『ただしい人類滅亡計画』など。AIを活用したコンテンツ制作に興味があり、最近は「AIのべりすと」を利用して原稿を執筆することも多い。

【協賛企業】
株式会社小学館
株式会社coly

ご挨拶（審査委員長　橘川幸夫）

第一回「ＡＩのべりすと文学賞」は、ＡＩと人間の想像力が融合して作られた物語の、日本ではじめての文学賞にも関わらず、三百八十九本もの作品が寄せられました。本当にありがとうございました。

厳正な審査の結果、大賞には高島雄哉氏の「７９８ゴーストオークション」が選ばれました。作家としての基本的な技術や構成力を持っている作家が、ＡＩ技術による文書生成システムを見事に使いこなした作品だと思います。これからの時代の新しい文学の可能性の扉を開けたと思います。

私見を言わせてもらえれば、インターネットが登場したことによって、私たちの生活意識や生活方法が大きく変わりました。物書きである作家やジャーナリストも、これまでは現場を訪問したり、関係者を取材したり、図書館で資料を閲覧したりして知識を重ねて、文章で表現をしていました。しかし、現在は、インターネットを抜きにした取材活動はありえないと思います。用語の確認や事実関係の確認のために、検索をしない人はいないと思います。

もちろん、インターネットに頼り切った物書きは薄っぺらいものになってしまいますが、ネットとリアルをうまく組み合わせた人たちが、これからの物書きだと思っています。

「ＡＩのべりすと」は、インターネット環境の膨大な語彙のデータベースを処理して、一人ひとりの個性的な個人のクリエイティブ行為を支援します。開発者のＳｔａ氏は、「ＡＩのべりすと」は「神」でも「奴隷」でもなく、「ティンカーベル」（妖精）であると評しています。まだ開発は、はじまったばかりですが、今後、更にインターネット情報の拡大とともに、作家にとっての愛すべき妖精として成長していくと思います。
また、二〇二二年は、ＡＩ技術を使った絵の創作や、音楽の創作技術が急激に進歩しました。それらを称して「ＡＩクリエイティブの時代」が始まったといえるのではないでしょうか。そして、新しい時代に即した、新しい表現者が登場するのでしょう。

第一回の「ＡＩのべりすと文学賞」の各賞を受賞された皆様、おめでとうございます。惜しくも選に漏れた応募者の皆様に、深く感謝いたします。皆様のエネルギーをいただき、第二回の「ＡＩのべりすと文学賞」を推進していこうと思います。ぜひ、進化している「ＡＩのべりすと」を、引き続きご利用いただき、次回も力作の応募をお願いいいたします。

そして、はじめての文学賞の審査をお引き受けいただいた審査員の皆様に、あらためて感謝いたします。実験的な作品が多く、ご多忙に皆様には、貴重な時間をいただきました。今後も、「ＡＩのべりすと」の可能性を見守っていただけると幸いです。

人間と情報システムの新しい関係によって、私たちの新しい世界が開いていきます。今後とも、よろしくお願いいたします。

文学賞から始まるＡＩ創作の世界　（ＡＩのべりすと開発者：Ｓｔａ）

「トリポッド」というＳＦ小説があります。間抜けで知能の低い生き物のふりをした異星人を小ばかにしているうちに、気がつけば地球はまるまる侵略されてしまう。

西洋の人々は常にマンメイドの知能にあこがれながらも、「生態系の頂点にある自分たち人間を超えるものを作りたい」が「自分たちが超えられて支配されるかもしれない」という矛盾した欲求と恐怖を抱いてきました。

ＡＩは本当に異星人のような、到底理解しようのないものなのでしょうか？

無機物や架空のものに人格を与えて可愛がったり、本気で入れ込んだりするのは私たち日本人や、東洋人に特有といいます。

今や日本は半導体やＡＩの覇権争いからは蚊帳の外かもしれないけど、逆にいえば私たちにしかできないパーソナルなＡＩの世界を構築できるはずではないでしょうか。ＡＩのべりすとは、まさにそこを最初から目指してきました。

今回のＡＩのべりすと文学賞は、始まりに過ぎません。

「ＡＩに仕事を取られるかも」とか「ＡＩに負けるかも」という恐怖ではなく、「ＡＩを活用して大作家になった」とか「ＡＩのおかげで創作が苦でなくなった」という実際の成功体験がこれから次々に出てくるはずです。

その最初の触媒のひとつがＡＩのべりすと文学賞なのだと思います。

受賞者の皆様、おめでとうございます。

これからもＡＩのべりすとを使ったクリエイティブな作品との出会いを楽しみにしています。

第一回ＡＩのべりすと文学賞　受賞作講評

■優秀作品賞「Undo能力を手に入れた俺と後輩の桜井さんの長い一日」（作者：ｍｉｎｅｔ）

ありがちな「タイムループ」設定ではあるが、「undo」能力設定がＡＩとの親和性が感じられ、違和感なく物語の世界に入り込めた。会話劇を中心とした展開はＡＩ的な無機質な文章生成を感じさせず、現代の若者の恋愛観が瑞々しく描かれていて好感が持てる。特にコメディタッチで進行する展開の中で、主人公２人の心情が上手に表現できており台詞回しや会話のテンポ感も良い。アニメやドラマ映像シナリオに向いている。（審査員：竹内宏彰）

いわゆるプロンプトエンジニアリングが文章や画像の作成に有効だという認知が進んで、次に問われてくるのはどのように導いた文章であるかを明示することだし、作画の根拠をストーリーテリングに散りばめることだと思われる。この作品は、応募要項にはまだ書いていない状況を把握して進めている。読後感も痛快。（審査員：川田十夢）

■優秀作品賞「５分後に探偵未遂」（作者：時雨屋）

ＡＩは道具です。どんなに創造的なＡＩがあろうと、自分自身の作品に役立てるべきツールなのです。「ＡＩのべりすと文学賞」と銘打ってはいますが、ＡＩらしさは関係なく単純な面白さで選ばせていただきました。結果的にＡＩ生成の可能性と天然ボケを見事に凝縮した作品を推していました。ＡＩ生成小説の登場人物が実在の事件を解決しようと奮闘するコメディメタミステリ！　ＡＩのべりすとが相棒でなければきっと書けない作品です！（審査員：ダ・ヴィンチ・恐山）

■ＡＩショート賞「空に還る」（作者：宇野なずき）

ＡＩのべりすとの可能性はユーザーの方がいろいろと工夫して発見しているようです。詩や漫才のネタなど、使う側のアイデア次第です。今回の応募作の中では、「空に還る」は、ＡＩのべりすとと著者が、語り合うようにして創られた作品だと思います。短い定形の中に、著者のさまざまな感情と、見えている風景を感じることが出来ました。短歌は若い世代の関心が高まっているようですが、今後も、ＡＩのべりすと短歌の可能性を追求してください。（審査委員長：橘川幸夫）

■ｃｏｌｙ賞「好ってだけ」（作者：坂本未来）

全３８９作品の、ＡＩと人間の合作という最新の創作の枠組みの中で、想像を超えた素敵な作品たちに出会うことができました。小説やショートショート、Ｑ＆Ａ等さまざまな作品がある中で、一際目を引いたのはこちらの「好ってだけ」です。短歌として、短い言葉に秘められた感情に心動かされると共に、連作として見たときには関係性や情景の想像を掻き立てられました。人間にとって普遍的な、しかしすぐに忘れ去られてしまうような一瞬の感情が、際立った言葉の力によって描かれていると感じました。ＡＩと人間の共作による、今後のエンタメの可能性にますます期待が高まる作品でした。（株式会社ｃｏｌｙ）

時代精神としてのＡＩのべりすと小説

ここに収録されている作品群はＡＩとしても作家としても、一切が手さぐりの状態で作られたものです。
「ＡＩのべりすと文学賞」の第1回が開催された当時は、まだコンシューマ向けのＡＩは黎明期にあり、そもそも成立が不可能と考えられていた時代でした。

現在主流となっているチャットボット型のＡＩは、フリーフォームのＡＩである「ＡＩのべりすと」に比べると、そのモデルのもつ一定の構文に従って出力をするように厳しく制約がもうけられています。そうすることによって、タスクをこなすことや論理力においてはスペックに対する性能が飛躍的に向上しますが、「もちろんです！」「これはあくまで～」などの「ＧＰＴイズム」と呼ばれる、いずれの言語でも不自然な独特な構文に縛られてしまう問題点もあります。

ひるがえって、「ＡＩのべりすと」は作家から与えられた文章のスタイルを模倣することを重視したＡＩモデルであり、これは当初から今までかわっていません。いま、ＡＩの大規模なコンシューマプロダクト化が進められていますが、私たちが目指すのは数百万人が同じレールを走るマスプロダクトではなく、作家それぞれに宿る少し奔放な妖精であり、ティンカーベルのようなＡＩです。１つか2つ次の世代で、この価値観がまた顧みられる時がやってくると思いますが、その時にむけて、このようにツァイトガイスト（時代精神）を反映した作品が残ることがたいへん有意義なことと考えます。

Ｓｔａ（株式会社Ｂｉｔ１９２）

本書に掲載していない受賞作について

第一回ＡＩのべりすと文学賞には多数の優れた作品が集まりました。以下の二作品が改稿の上、市販の書籍として発行されますので、本作品集には掲載しておりません。

最優秀賞「７９８ゴーストトオークション」（高島雄哉）については出版社より市販化されます。

小学館賞「カミガカリ　不自然言語処理連続殺人事件」（ギン・リエ）については、「カミガカリ　不自然言語処理連続殺人事件」（八女深海）として二〇二四年六月に小学館より発行されます。

橘川幸夫（審査委員長）

「第一回ＡＩのべりすと文学賞」受賞作品集
2024年６月１日　初版発行

発行　AIのべりすと文学賞事務局
〒152-0004
東京都目黒区鷹番1-2-10東西ハイツ110号室
デジタルメディア研究所内
mail:takaban@demeken.co.jp

販売　メタ・ブレーン
〒150-0022
東京都渋谷区恵比寿南3-10-14
電話　03-5704-3919
FAX　03-5704-3457